애저도시 타코야키

해저도시 타코야키

김 청 귤
연작소설집

래빗홀
RABBIT HOLE

차례

* 이 책에서 일부 표현 및 외래어는 소설 분위기와 흐름을 고려하여
관용적으로 표기했습니다.

창밖에는 고요하게 넘실거리는 바다가 있다. 얼마나 깊은지 가늠할 수 없을 만큼 진한 파란색 위로 강렬한 햇살이 내리쬐고 있다. 바다 표면이 유리 가루를 뿌린 것처럼 한없이 반짝거린다. 가만히 바다를 바라보면, 저 빛 속으로, 햇빛에 따뜻하게 달궈진 물 안으로, 끝내 빛이 닿지 않을 만큼 서늘한 깊은 곳으로 들어가고 싶어진다.

바다가 나를 부른다.

지금의 바다는 인간에게 공포의 대상일 뿐이다. 처음에는 조금씩 녹아내리던 빙하가 어느 순간 빠르게 무너지면서 순식간에 바다로 흘러들었다. 해수면이 상승하자 육지에 사는 생명체들은 발 디디고 살 곳을 잃어버렸다. 그것도 모자라서 빙하 안에 있던 바이러스가 바닷속을 떠다니다 밀려오는 파도에 몸을 싣고 육지로 넘어왔다. 사람들은 바닷물에 닿기만 해도 죽을 거라며 울부짖었다.

인간은 어떻게든 살아남으려고 과학에 매달렸다. 우습지만 공교롭게도 윤리적 고민 없이 인간의 태아를 이용해 게놈 연구를 추진한 연구소가 방법을 찾았다. 인간과 동물의 유전자를 편집해 바뀐 환경에서 적응할 수 있는 신인류를 만들기 시작한 것이다.

인간에게 가장 친근한 개, 고양이부터 시작해 호랑이나 곰 같은 강인한 동물들, 혹은 갈매기, 독수리 같은 새나, 물개, 펭귄, 돌고래 같은 바다 동물……. 많은 동물이 실험 후에 다 고향으로 돌아갔다고 했다. 무엇이 진실인지는 알 수 없지만 일단 연구소는 그렇게 말했다.

동물을 이용하지 맙시다, 지금이라도 배를 만들어 바다 위에서 살 수 있는 방법을 찾아봅시다,라고 외치며 늦었지만 더는 생명을 실험 대상으로 삼아서는 안

된다는 사람도 있었다. 그러나 공포와 절망에 물든 사람들은 어렵고 느린 길보다 빠르고 결과가 확실한 방법을 택했다. 그때라도 멈춰야 했을까? 타임머신이 발명되어 과거로 돌아간다고 해도 다른 방법을 선택할 수 있을지는 모르겠다. 인간은 늘 이기적이기에.

그렇게 인공 자궁에서 유전자 편집으로 만들어진 태아가 태어나기 시작했다. 이들은 각각 결합된 동물 특성에 따라 빠르게 성장하거나 아예 더디게 자랐다. 혹은 죽어버리거나.

나는 엄마가 두 명이다. 혹등고래 세포와 결합한 엄마와 문어 세포와 결합한 엄마다. 고래 엄마인 고야와 문어 엄마인 해수는 서로를 열렬히 사랑했다. 특히 해수 엄마는 모성애가 강한 문어의 성격이 작용했는지 인공 자궁을 사용할 수 있는데도 자신의 몸을 통해 생명을 탄생시키고 싶어 했다. 유전자 편집도 가능한 기술력이라 난자와 난자의 유전 정보를 결합해 태아를 만들어내는 건 일도 아니었다.

그렇게 태어난 게 나다.

해수 엄마는…… 날 낳고 얼마 되지 않아 죽음을 앞
둔 몸을 이끌고 바다로 들어갔다. 언제 사라질지 모르
는 땅보다는 바다에 있는 게 훨씬 낫겠다면서. 나는 해
수 엄마가 죽은 게 아니라 바다가 되었다고 생각했다.

사랑하는 사람을 떠나게 한 원인 제공자를 미워할
법도 한데, 고야 엄마는 나를 사랑으로 키워주었다. 가
족을 아주 많이 사랑하는 혹등고래의 유전자 때문일
까, 아니면 정말 엄마가 나를 사랑하기 때문일까? 고래
의 성격 때문에 그렇다는 대답을 들을까 봐 아직도 묻
지 못했다. 앞으로도 영영 물어보지 못할 것 같다.

그래서 엄마에게 질문하고 싶어질 때면 바다에 있는
해수 엄마를 향해 마음속으로 물어봤다. 해수 엄마의
답은 좋을 대로 생각할 수 있으니까.

나는 내 기분에 따라 답을 달리 내리곤 했다. 위로
가 필요할 때는 날 사랑해서라고 여겼고, 기분이 너무
좋을 때는 그저 본능 때문일 수도 있다고 생각했다. 너
무 좋거나 슬프지 않게 감정을 유지해야 할 것 같아서,

잔잔한 바다를 보며 나름대로 균형을 맞추려고 노력했다. 조용하고 키우기 쉬운 아이가 되면 버림받을 일은 영영 없을 거라 믿었으니까.

해수 엄마야말로 문어의 성격이 너무 강해서 사랑하는 사람도, 자신의 생명도 다 저버리고 오로지 본인의 아이만을 생각했던 것 같다. 갓 태어난 나를 끌어안고 아주 행복한 웃음을 짓는 사진을 보면 나를 엄청 그리워하고 사랑했을 거라는 걸 믿게 된다.

실은 나도 그렇다. 사진으로만 볼 수 있는 해수 엄마를 아주 많이 사랑하고 있다. 그래서 해수 엄마가 사랑한 바다를 나도 사랑할 수밖에 없는 걸까? 이것도 고야 엄마에게 물어보지 못할 질문이다.

어느새 해수 엄마가 나를 사랑했다는 걸 확신할 수 있는 이유가 창밖에 서 있었다.

"지화야! 오늘도 바다 봐?"

나를 바라보며 웃는 이록의 반짝이는 눈이 사진 속 해수 엄마의 눈과 똑같은데 어떻게 모를까?

"나랑 놀자!"

"이록, 너 숙제 다 했어?"

"숙제 끝나자마자 여기에 왔지! 우리 얼른 계곡에 가서 놀자! 응? 같이 가자아—."

이록은 강렬한 햇살 아래서 더 환한 웃음을 지으며 나를 보고 있었다. 곱슬거리는 머리카락이 바닷바람에 흩날렸다. 내가 손을 뻗어 머리를 정리해주자 이록의 두 뺨이 붉게 달아올랐다. 이록은 나를 왜 좋아하는 걸까? 내가 뭐라고. 이해할 수는 없지만 이 말을 다시 꺼내서 이록에게 상처 주고 싶지 않았다. 예전에 "도대체 내가 왜 좋은 거야? 너 좋다는 사람 많잖아?"라고 물어봤다가 울린 적이 있으니까 더더욱. 이렇게 묻지 못할 질문들이 내 안에 차곡차곡 쌓여간다.

저번에도 머리를 쓰다듬어주며 못 가겠다고 답한 적이 있어서인지 이록은 두 눈을 크게 뜨고 애원하듯 나를 보고 있었다. 반짝반짝 빛나는 파란 눈동자가 바다 같아서 가만히 바라봤다. 눈에 비친 내가 물속에 잠긴 것 같았다.

"너 얼굴 터질 거 같아."

"네가 그렇게 빤히 보기만 하니까 그렇지!"

"어, 이제는 목도 빨개졌네. 몸이 다 빨개진 거 아니야?"

"혀, 현관 앞으로 갈 테니까 얼른 나와!"

이록은 그 말만 남기고 몸을 돌려 현관을 향해 천천히 걸어갔다. 이록은 개구리의 유전자와 결합해 태어났다. 그래서 어릴 때는 손과 발에 물갈퀴가 있었고 피부도 녹색이었다. 생물의 특성이 기질이나 기능으로 반영된 게 아니라 신체에 발현된 건 드문 일이었다.

이 때문에 이록은 아이들 사이에서 괴물이나 외계인이라는 별명으로 불렸고, 미지의 바이러스 때문에 병에 걸려 이상하게 태어났다며 따돌림을 당했다. 그런 이록의 특성에 아랑곳없이 곁에 있어준 게 나였고.

아무리 생각해도 자신을 도와준 소꿉친구가 대단하게 느껴져서 막연히 동경하는 마음을 좋아하는 감정과 착각하는 것 같은데, 이렇게 말하면 이록이 울먹일 게 뻔하니까 이 말도 참는다. 해수 엄마는 늘 사랑을 표현하는 사람이었다고 했고, 고야 엄마는 무뚝뚝하긴 해도 필요한 말은 잘하는 편이었다. 나에게 사랑한다고 말도 많이 해줬다. 도대체 내 안에는 어떤 유전자가 있길래 하고 싶은 말을 다 삼키는 걸까?

"지화야, 이록이 현관 앞에서 기다리고 있네."

"가요!"

내 이름은 지화(地花). 땅의 꽃이라는 단순하고도 깊은 소망이 담겨 있다. 흑등고래 엄마의 난자와 문어 엄마의 난자의 결합인 데다 드물게 진짜 자궁에서 태어난 희귀 케이스라서 연구소에서 내 유전자를 채취해 가긴 했지만, 나 말고도 연구해야 할 게 아주 많아서 그런지 아니면 당사자에게도 비밀로 하는 건지 특별한 말은 없었다.

단일 동물 개체와 기존 인간, 여러 동물 개체와 인간, 개체와 개체의 유전자 편집 후 태어난 변이 개체와 인간. 손바닥만 한 땅덩어리에 살고 있는 지금도 인간은 인간 외의 모든 존재를 생존의 도구로 이용하고 있었다.

이록은 개구리 유전자 때문인지 땅보다는 물속을

더 편하게 느꼈다. 나도 어떤 특성이 두드러진다거나 이렇다 할 신체적 발현이 없지만, 고래 엄마와 문어 엄마 사이에서 태어났기 때문인지 물을 좋아했다. 계속 물속에 있고 싶다고 생각할 정도였다.

우리는 옷을 입고 물에 들어갔다. 습하고 더웠는데 물에 들어가니 시원해서 살 것 같았다. 이록은 개구리처럼 능숙하게 헤엄치며 내 주위를 빙빙 돌았다.

나는 계곡 바닥에 발을 댄 채 위를 올려다봤다. 반짝거리는 빛이 이록의 손과 발에 담겨 있었다. 이록은 빛으로 물살을 가르고 발장구를 쳤다. 가만히 있는 나를 내려다보며 웃는 모습이 물의 요정 같았다. 저렇게 예쁘고 멋있게 자랐으니 사람들이 이록만 보면 눈을 못 떼는 거겠지. 이록은 빛이 가득한 손으로 나를 불렀다.

올 라 와.

싫 어.

입술을 벌려 뻐끔거리자 공기 방울이 보글보글 생겨 위로 올라갔다. 이록은 공기 방울을 하나하나 잡아챘다. 이내 숨이 바닥났지만 물속에 조금만 더 있고 싶었다. 그러자 이록이 바닥으로 내려와 내게 손을 내밀었다.

이록은 물갈퀴 때문에 다른 사람이 손을 잡거나 만지는 걸 매우 싫어했다. 자라나면서 물 밖에서는 손의 물갈퀴가 피부에 달라붙어 평범한 손처럼 보이게 되었는데도 꺼리기는 마찬가지였다. 그러나 나만은 언제나 예외였다. 그걸 아니까 이록이 손을 내밀면 망설임 없이 잡게 된다. 내가 이록의 손을 잡자 이록이 내 손을 강하게 당겨 반대편 팔로 나를 감싸고 수면 위로 올라갔다.

몸과 몸이 맞닿아 있으니까 이록이 언제 이렇게 컸나 새삼 놀랐다. 이제는 나보다 큰 것 같아. 나를 한 품에 안을 만큼 넓은 가슴과 단단한 팔과 커다란 손을 가졌다니. 이록이 갑자기 낯설게 보였다. 부끄러워 이록의 품을 빠져나와 다시 잠수해 내려갔다. 이록은 내가 장난치는 줄 알고 크게 웃더니 내 뒤를 따라 들어왔다.

도대체 왜 나를 좋아하는 거지. 아직까지도 아무 변화가 없는 나를, 생존에 도움될 능력이 아무것도 없는 나를 왜. 이록은 과거에 사로잡힌 바보 멍청이였다. 용기가 없다는 핑계로 아무 말도 하지 않고 이록을 밀쳐 내지도 않는 나는 못된 아이고. 착한 아이가 되고 싶은데 정말 어렵다. 뭐가 문제일까?

뒤따라오는 걸 모른 척하며 멀리 수면 위로 올라와 헤엄치는데 순식간에 이록이 내 옆으로 다가왔다. 머리카락에서 떨어진 물방울이 이록의 희고 매끄러운 뺨을 타고 흘러내렸다. 이록은 애써 웃음을 지운 채 진지한 척 눈에 힘을 주며 말했다.

"또 나쁜 생각 하고 있지?"

"내가 뭘?"

"네 얼굴만 봐도 다 알아. 슬픈 생각, 나쁜 생각, 너를 갉아먹는 생각을 하고 있잖아."

"아닌데?"

"맞는데?"

"내 생각인데 내가 알지 네가 알아? 저리 가."

"내가 너보다 너를 더 잘 아는데? 그래서 내가 네 옆에 있어야 하는 거야. 가끔 너는 바보가 되니까."

"야!"

괜히 부아가 나서 소리를 지르며 이록을 향해 물을 끼얹자, 이록이 웃으면서 도망갔다. 물방울이 부서지며 이록에게 무지갯빛이 어렸다. 빛 속의 이록은 너무 찬란해서 개구리가 아니라 천사의 유전자를 합친 존재가 아닐까, 하는 정말 바보 같은 생각이 떠올랐다.

슬픈 생각, 나쁜 생각, 나를 갉아먹는 생각을 하는 건 안 좋은 일이지만, 그럴 때마다 이록이 나를 달래주려 하는 말이 더 달콤하게 느껴졌다. 이록의 말을 듣기 위해 그런 생각들이 저절로 떠오르는 게 아닌가 싶을 정도였다. 내가 원하는 것, 내 기분과 생각을 얼마나 잘 맞추던지 유전자 편집으로 이록에게 마음을 읽는 초능력이 생겼다고 해도 믿을 것 같았다.

빙하는 남아 있지 않고 살 만한 땅도 줄어들고 있었다. 인간은 생존을 위해 끈질기고 치졸하며 이기적인 방식으로 대책을 찾고 있었다.

바다를 사랑하지만 나 또한 땅 위에 사는 인간이라서, 언제까지나 이렇게 웃고 떠들고 물기가 마르는 동안 이록에게 기대면서 평온하게 지낼 수 있을 줄 알았다.

새로운 바이러스, 정확히는 '사람'에게 치명적인 신종 바이러스가 나타났다. 손가락이나 발가락이 괴사해 녹아내리는 것이 그나마 가장 경미한 증상이었다. 장기가 파괴되어 사람들은 위아래로 피를 쏟아냈다. 피가 멎지 않아 위급한 경우도 생겼는데, 서로 다른 동물의 유전자를 결합한 사람끼리는 피를 수혈할 수 없었기 때문에 피가 부족해 그대로 죽어가는 사람이 너무 많았다. 죽어가면서도 제3의 동물과 유전자 결합을 시도해 생을 연명하려는 사람도 있었다.

사람들은 천천히, 그러나 바다에 잠겨 살아갈 곳을 잃던 때보다도 더 빠르게 죽어갔다. 모든 생의 끝에는 죽음이 있다지만, 자신만은 조금이라도 더 살고 싶어 몸의 일부를 연구 자료로 제공하는 사람도 있었다. 어떤 사람들은 죽기 싫다며 울고 난동을 부리기도 했다.

바이러스의 원인이 뭔지도 모르면서 사람들은 바다를 원망했다.

내 생각에 답은 간단했다. 유전자 편집을 통해 생존 가능성이 커지기는 했으나 그 부작용으로 제어할 수 없는 세포의 변이가 일어난 것이다. 우리는 바다가 아니라 스스로를, 살고자 부렸던 욕심을 원망해야 했다. 땅이 점점 줄어든 건 인간 탓이 맞았지만, 우리가 태어났을 때 모든 게 이미 늦은 상태였던 것도 사실이니 억울한 면도 있긴 했다.

그러나 생존을 위해서라고 정당화하며 신이 된 것처럼 동물의 유전자를 고르고 잘라내고 이어 붙이고 버리는 건 인간들 스스로가 선택한 일이었다. 뭐, 이미 유전자가 편집된 상태에서 태어난 사람이라면 어떤 동물의 유전자와 섞여서 태어날지 애초에 고를 수 있던 것은 아니었으니 그게 억울하다고 하면 할 말은 없었다. 근데 그렇게 따지면 인간들에게 이용당한 동물도, 결국 지구도 억울할 것이다.

"엄마는 어떻게 생각해?"

"해수는 억지로 생을 연명하지 않겠다고 했었어. 주어진 삶의 온전한 행복만 누리겠다고. 엄마도 그래. 만약에 엄마가 아프게 되면 너랑 맛있는 걸 먹고 노래를 부르고 함께 잠을 잘 거야. 치료는 필요 없어. 알았지? 혹시라도 엄마의 시체를 연구하려고 할 수 있으니까…… 죽을 때가 되면 엄마는 바다로 갈 거야. 해수가 그랬던 것처럼."

"나도 그럴래. 내가 아프게 되면…… 바다로 갈래."

"엄마 앞에서 못 하는 소리가 없네. 너는 오래 살아야지."

"바이러스가 나이를 따지는 건 아니잖아."

"그건 그렇지……. 그래. 무슨 일이 생기면 바다로 가자. 우리 모두 바다에서 만나는 거야."

나는 엄마와 팔짱을 끼고 바다를 바라보며 그 안에 있을 해수 엄마를 떠올렸다. 내가 바다를 사랑하는 건 해수 엄마 때문일까? 고야 엄마는 해수 엄마가 보고 싶어서 바다로 들어간다고 하는 걸까? 모르겠다. 지금이라도 바다로 들어갈까 싶어 불안해진 마음에 나는 고야 엄마의 팔을 꼭 끌어안을 뿐이었다. 내가 엄마를 땅에 붙잡아둘 수 있는 꽃이길 바라면서.

그러나 사람의 이기심이 얼마나 강력하고 무서운 건지 새삼 깨닫게 된 일이 생겼다. 집 앞에 사람들이 몰려와 나가보니, 동네 사람들이 미안함과 생에 대한 절박한 의지가 뒤섞인 기이한 표정으로 엄마를 바라보고 있었다. 그 뒤에는 연구소에서 나온 사람이 선글라스를 끼고 입매를 단단히 굳힌 채 서 있었다.

"고야 씨, 미안하지만 많은 사람을 위해서 고야 씨가 바다에 들어가서 신종 바이러스 연구에 활용할 샘플을 채취해주세요."

"제가 왜 그래야 하죠?"

"대부분 육지 동물의 유전자와 결합했는데, 고야 씨는 혹등고래의 유전자와 결합했잖아요!"

"그래요! 우연히 죽어가던 혹등고래를 발견한 덕분에 고야 씨가 남들보다 오래 살 수 있었잖아요?"

"그러는 당신들도 고래 유전자를 선택하면 됐잖아요? 지금이라도 늦지 않았으니 유전자 수정 시술을 받으세요."

"유전자 결합이 안정화되는 거 기다리다가 다들 죽겠어요! 고야 씨가 우리 마을에서 제일 오래 살았으니까, 모두를 위해서 대표로 바다에 들어가요!"

"말은 똑바로 해야죠. 이곳에서 제일 오래 산 건 그쪽 아닌가요? 어떻게든 오래 살고 싶다며 얼마 남지 않은 바닷가재 세포를 골랐다고 자랑했었잖아요."

"당신은 고래니까! 바닷가재보다 고래가 더 강하잖아요!"

"저는 고래가 아니라 사람입니다."

"고야 씨, 그러지 말고……. 딸을 위해서라도 이 위기를 헤쳐나가야 하지 않겠어요? 당신이 우리의 유일한 희망이에요."

"우리 남편이 피를 토하기 시작했어요. 제발…… 고야 씨는 오래 살았잖아요!"

사람들의 눈이 이상했다. 자신과 자신의 가족을 살리기 위해 엄마보고 죽을 수 있는 일을 해달라고 말하면서도 죄책감을 느끼지 않는 걸까? 엄마가 한마디도

지지 않고 답할수록 사람들의 얼굴이 붉어졌다. 터져 버릴 것 같은 얼굴들을 보니 속이 울렁거리고 토할 것 같았다. 내가 순간 비틀거리자 엄마가 내 팔을 잡아 부축하며 말했다.

"들어가 있어."

엄마는 이 와중에도 맑은 날의 바다처럼 잔잔하고 고요해 보였다. 그 속에 무슨 생각을 하고 있는지, 어떤 마음으로 사람들을 상대하는지 알 수 없을 만큼. 무표정에 가깝지만 나에 대한 걱정을 담고 있는 눈동자를 바라보다 고개를 끄덕였다. 어른은 어른이 상대하는 게 좋을 것 같았다. 집 안으로 들어가려는데 누군가의 말이 내 뒤통수를 잡아챘다.

"당신이 들어가기 싫으면 당신 딸보고 들어가라고 해! 고래와 문어 사이에서 태어났으니 겉보기에는 저래도 뭔가 능력이 있겠지!"

"닥쳐!"

처음으로 엄마가 큰소리를 냈다. 인간의 말소리와 함께 낮고도 신비로운 고래의 울음소리가 들렸다. 그

걸 듣자마자 엄마가 나를 얼마나 사랑하는지를, 그리고 어떤 위험도 내 곁에 오도록 가만두지 않을 거라는 단단한 의지를 느낄 수 있었다.

아주 어릴 적에 고야 엄마가 해수 엄마를 그리워하며 내던, 비 오는 바다처럼 끊임없이 슬픔을 토해내던 소리가 생각났다. 그 안에 담겨 있던 나에 대한 사랑도. 고래의 유전자를 가진 고야 엄마는 해수 엄마를 따라 바다로 갈 수 있었지만, 사랑하는 나를 위해 가지 못하고 울었던 거구나. 나를 사랑하는구나. 엄마가 마을 사람과 대립하는 이 상황에서도 안도감이 들었다. 이런 내가 못된 아이 같았지만, 종종 나를 휘감던 불안함이 이제는 잠잠해졌다.

"한 번만 더 내 딸에 대해 왈가왈부하면 가만있지 않을 겁니다."

개나 원숭이, 호랑이, 코끼리 등의 육지 동물과 유전자 결합을 한 마을 사람들은 바다 동물의 울음소리를 듣자 어찌할 바 몰라 몸이 굳은 듯했다. 엄마는 자신의 등 뒤에 나를 숨긴 채 가만히 서 있었다. 마을 사람

들이 나서지 않으니 뒤에 있던 연구소 사람이 앞으로
나섰다.

"고야 님, 그러지 말고 저희와 대화를 하시죠."

"할 말 없습니다. 연구소에는 배와 잠수복이 있지
않습니까? 그걸 이용하면 누구나 바다로 들어갈 수 있
을 텐데요."

"다 낡고 닳아서 소용없습니다. 잠수복을 만들 기술
은 있지만 재료가 현저히 부족한 상황입니다. 그래서
이렇게 바다 동물의 유전자와 결합한 분들께 부탁드리
는 겁니다. 보관 중인 다른 바다 동물들의 세포를 지
금 당장 결합하더라도 적응 시간이 필요합니다. 그러
나 우리에게는 여유가 없습니다. 고야 님께서 생각을
바꿔주시면 감사하겠습니다. 만약의 상황이 발생하더
라도 따님이 넉넉하게 생활할 수 있도록 사례는 충분
히 해드릴 겁니다."

"……."

"생각할 시간을 드리겠습니다. 좋은 답변 기다리겠
습니다."

양복을 입은 사람들이 사라졌다. 마을 사람들은 말 없이 엄마만 노려보다가 그 사람들의 뒤를 쫓아 떠났다. 우리 집 앞에는 나와 엄마, 이록만 남았다.

"고야 엄마, 지화야……."

이록이 말을 꺼내려 하자 엄마가 손을 내저었다.

"신경 쓰지 마. 식사나 하자. 사람들 상대하는 동안 다 식었겠다."

엄마는 평소와 같았다. 엄마가 등 떠밀려 바다로 들어갈까 봐 초조해하는데 이록과 눈이 마주쳤다. 이록도 불안한 표정을 짓고 있었지만, 나와 눈이 마주치자 나를 안심시키려는 듯 환하게 웃었다. 이록의 웃음이 너무 환해서 나도 모르게 따라 웃었다가 조금 부끄러워져서 이내 표정을 지웠다. 이록은 내가 웃는 걸 보고 마음이 놓인다는 듯 내 곁으로 쪼르르 다가와서 손을 잡아주었다. 매끄럽고 서늘한 손을 잡으니 마음이 아주 조금 가벼워지는 것 같았다.

그 이후로도 계속 정부 기관이나 연구소에서 사람

이 찾아왔다. 이제 엄마는 내가 그 사람들과 같은 장
소에 있는 게 싫은지 아예 나를 이록의 집으로 보냈다.

집에 돌아가면 엄마는 그 사람들과 무슨 이야기가
오갔는지 말해주긴 했지만, 거짓말을 하거나 무언가
숨기는 건 아닌지 의심스러웠다. 엄마의 사랑을 느끼
게 되었어도 너무 오랫동안 불안했던 마음이 한순간
에 괜찮아지지는 않았다. 이런 내가 너무 싫었다. 티를
내고 싶지 않아 고개만 끄덕이고 넘어갔는데 이록은
내 기분이 나쁜 걸 다 눈치챘다.

"내 앞에서는 편하게 있어."

"편하게 있는 건데?"

"아닌데? 눈에 힘이 잔뜩 들어가 있는데?"

"맞는데? 나 이게 제일 편한 건데?"

"이렇게 잘생기고 아름다운 얼굴을 보고도 웃지 않
는 걸 보면 마음이 무거운 게 맞는 것 같은데?"

"뭐야. 어이없어."

애써 지었던 무표정이 풀리고 입술이 부루퉁하게
나왔다. 이록은 못난 내 얼굴을 보고서야 안심된다는

듯 가볍게 한숨을 내쉬었다. 나는 다리를 모아 끌어안고 무릎 위에 얼굴을 기댔다. 하얗게 부서지는 물거품이 허공에 튀어올랐다가 도로 바다를 향해 돌아가기를 반복하고 있었다.

"엄마가…… 엄마가 나를 두고 바다로 가버리면 어떡하지?"

"그럴 분이 아니라는 거 알잖아."

"아는데…… 나를 두고 가지 않을 거라면 왜 그 사람들과 계속 만나는 거야? 앞으로 찾아오지 말라고 하면 되잖아."

"어른들의 사정이 있는 거겠지. 너무 걱정하지 마. 다 잘될 거야."

뭐가 잘되는 건데? 어떻게 잘될 건데? 엄마 대신 누가 바다로 들어갈 거래? 어떤 사람? 차라리 자살 희망자에게 부탁하는 게 백배는 낫겠어!

솟구치는 화를 애써 누르며 고개를 푹 숙였다. 이록에게 심한 말을 하고 싶지 않았다. 이록도 나뿐이지만, 나도 이록뿐이었으니까. 이록은 이제 누구나 다 친해지고 싶어 하는 인기 많은 사람이 되었으나 나는 여전히 아무 능력도 발현되지 않은 데다가 바다를 좋아하는 이상한 애니까. 그러니까 꾹 참아야만 했다. 이록의 말처럼 다 잘될 거라는 생각만 하기 위해 정신을 집중했다. 계속 생각하고 간절히 바라면 정말 잘될 수도 있으니까.

"정말 네 말처럼 잘된 거 같아. 그 사람들이 이제 오지 않아."

"다행이다! 그러면 이제 물에서 같이 놀 마음이 생겼어? 나랑 밥도 먹고 낮잠도 잘 거야?"

"너 하는 거 봐서."

"너무해! 내가 얼마나 열심히 바랐는데!"

이록은 입으로 투덜거리면서도 눈으로는 웃고 있었다. 이록 말처럼 이 순간을 나보다 이록이 더 간절히 바랐던 걸 안다. 그간 매일매일 놀러 와서 침울해하는 나를 위해 흙바닥에 그림도 그려주고 열심히 키운 꽃도 화분에 심어 선물로 주었다. 우리 집 정원에 옮겨

심자 붉은 꽃잎이 파랗게 변해서 신기했다. 이록은 그걸 보고 역시 나는 바다가 어울리는 게 분명하다며 손뼉을 치고 좋아했다.

우리는 멸망과 죽음을 향해 달려가고 있었지만, 그래도 웃는 날이 더 많을 거라 믿었다.

어느 날부터 생리가 멈추지 않았다. 코피를 흘리거나 피를 토하면 아프다는 걸 다른 사람도 금방 알 수 있지만, 항문이나 생식기에서 피가 나오면 당사자가 말하기 전까지 모를 수밖에 없었다. 어차피 내게 생리는 부정기적인 일이었고, 이전에도 양이 들쭉날쭉해서 이번 생리가 유난히 길다고만 생각했다. 양이 적어서 찔끔찔끔 오래 하는구나, 하고.

그런데 2주가 지나고 한 달이 될 때까지 계속 피가 나왔다. 천 생리대를 써서 빨래를 하는 것도 아니고 생리컵을 사용하니 엄마도 내가 이렇게 오랫동안 생리하는 걸 모르고 있었다. 생리통이 있는 건 아니고 그냥 피만 계속 나올 뿐이라 언젠가 끝날 거라고 생각하

곧 나도 말하지 않았다.

물에서 이록과 놀던 중에 어지럽다 못해 갑자기 깜깜해졌다가 눈을 뜨니 침대 위였다. 침대 옆에는 나를 걱정스럽게 바라보는 엄마와 울었는지 눈가가 붉게 물든 이록이 있었다.

"어디 아프니?"

"안 아파요."

"지화야, 엄마한테 솔직하게 말해봐."

"진짜로 아픈 건 아니고…… 생리를 한 달째 해요. 그래서 그런가 봐요."

엄마는 그 말을 듣고 얼굴을 굳혔고, 이록은 다시 눈물을 뚝뚝 흘렸다. 무엇을 걱정하는지는 알 수 있었다. 장기가 괴사하는 바이러스에 걸린 게 아닌가 싶겠지.

"왜 말 안 했니."

"원래 생리란 이렇게 불규칙한 거잖아요. 피가 많이 나오는 것도 아니고 곧 끝날 줄 알았죠……."

"아프지는 않아? 다른 곳은 괜찮니?"

"응, 통증도 없고 다른 곳도 멀쩡해. 저 괜찮아요, 엄

마. 진짜."

"알았어……. 엄마가 보양식 좀 만들어 올게. 이록은 지화 옆에 있어줄래?"

"네. 걱정, 흐읍, 마세요."

"내가 쟤 옆에 있어주는 거 같은데……."

"쉬고 있어."

이록은 원래도 눈물을 흘리고 있었는데 엄마가 문을 닫고 나가자 못 참겠다는 듯 서럽게 울었다. 몸이 커서 그런가 눈물도 엄청 많은 것 같았다. 이록은 끝도 없이 흘러나오는 눈물을 닦지도 않고 나만 바라보고 있었다. 그러다 내가 손을 뻗자 침대 옆에 무릎걸음으로 다가왔다. 말하지 않아도 내 손에 얼굴을 기댔다. 살짝 기울어진 얼굴을 따라 눈물이 흐르다 내 손 안에 고였다. 뜨겁고 축축했다.

이록이 있어서 외롭지 않았지만 이록 때문에 외로움을 실감하기도 했다. 모든 마을 사람이 우리를 적대하고 있는데도, 우리 가족과 친한 이록은 모두에게 예쁨을 받고 있었다. 어릴 때는 겉모습 때문에 아이들에게 괴롭힘당하고 어른들도 이록에게 거리를 두었지만, 이제는 도리어 섬세하고 아름다운 겉모습 덕분에 사람들이 이록 곁을 맴돌았다. 몇몇 사람이 이록에게 아주 잘 자랐다고 칭찬하며 뿌듯해하는 게 너무 우스웠다. 자기 자식들이 괴롭힐 때 그러지 말라고 혼내주기나 하지.

그렇지만 이록이 괴롭힘과 따돌림을 당할 때 나만 아무렇지 않게 대하고 같이 놀았다고 해서 계속 이런 거대한 애정을 이록에게 받아도 되는 걸까?

"좋아해, 좋아해, 지화야……. 죽으면 안 돼. 나랑 계속 같이 있어야 해."

이록은 눈물을 흘리면서도 목소리를 가다듬고 또박또박 말했다. 울음기를 지운 선명한 목소리가 바로 마음에 꽂혔다. 어디 가지 말라며 떼를 쓰는 아이 같긴 했지만 말이다. 웃음이 나와서 킥킥거리니까 이록은 좋다고 따라 웃었다.

"너 하는 거 봐서."

"난 잘하고 있으니까, 계속 같이 있겠네!"

나는 정말로, 우리가 언제까지나 함께일 줄 알았다.

"지화야, 엄마는 바다에 들어가려고 해."

"엄마가 왜요?"

"너를 살릴 방법이 있다면 엄마는 뭐든 할 거야. 바닷물에 적응하는 훈련도 이미 하고 있었어."

"엄마!"

여전히 피가 멈추지 않았지만 일상생활에 큰 문제는 없었다. 가끔 어지럽긴 해도 앉아서 쉬면 곧 괜찮아졌다. 정원에서 이록과 나란히 앉아 바다를 보고 있을 때면 엄마는 종종 외출하곤 했다. 그런데 그게 바다에 들어가기 위한 훈련 때문이었다니.

"바다가 어디라고 들어가요? 날 위해서 엄마가 죽으면 엄마가 나를 너무 사랑해서 목숨까지 바쳤다고 내가 행복해할 것 같아요?"

"그럼 엄마는? 엄마는 네가 죽어가는 걸 보고만 있어야 하는 거니?"

"억지로 생명을 연장하기 위해 노력하지 않겠다고

했잖아요! 죽을 것 같으면 나도 바다로 들어갈 생각이
었다고요!"

"너를…… 해수가 힘들게 낳은 너를 죽게 둘 수는
없어!"

엄마의 말을 듣고 멍해졌다. 엄마도 말하고서 아차
싶었는지 입술을 깨물었다.

"엄마, 그냥 나라서 사랑한 게 아니에요? 나는 해수
엄마의 대용품이었어요?"

"이미 연구소 사람들에게 바다로 가겠다고 말했어.
곧 바다로 들어갈 거야."

엄마는 내 질문에 답하지 않았다. 본인이 하고 싶은
말만 하고는 방으로 들어갔다. 엄마의 방문이 닫히는
걸 보고도 한참을 서 있다가 내 방으로 돌아왔다. 창
문 앞에 서서 어둠에 잠기는 바다를 가만히 바라봤다.

지금이라도 바다에 들어갈까. 내가 사라지면 엄마는
바다에 들어갈 필요가 없다. 이록과 서로의 아픔을 보
듬으며 잘 지내지 않을까? 그럼 이록도 이제 나 말고
다른 친구들을 많이 사귈 수 있을 것이다.

내가 처음부터 없었다면 어땠을까? 해수 엄마는 고야 엄마랑 둘이 행복하게 살다가 아이가 갖고 싶으면 이록을 입양했을지도 모른다. 출산하지 않았으니 오랫동안 건강하게 살았겠지. 바다를 두려워하는 사람들과 다르게 물과 친숙한 동물의 유전자와 결합한 사람들이 가족을 이루었으니 식사를 하면서, 텃밭을 가꾸면서, 밤에 잠이 오지 않을 때 태양이 떠오르기를 기다리면서 바다를 보며 도란도란 이야기도 나눴을 테고.

존재하지 않은 과거와 오지 않을 미래가 눈을 감아도 아른거렸다. 상상 속의 세 사람이 행복해 보여서 눈물이 났다. 해수 엄마가 힘들게 날 낳았다는 걸 아니까 이렇게 생각하지 않으려고 했는데, 떨칠 수 없는 선명한 상상이 자꾸만 머릿속에 떠올랐다.

나는 왜 태어난 걸까? 나를 왜 낳은 거지?

어디선가 고래 울음소리가 들렸다. 엄마의 울음소리와는 다르게 무슨 뜻인지 전혀 알 수 없었다. 그저 신비롭고 경이로우며 위로가 되었다. 바다로 들어가도 괜찮을 것 같았다. 그래, 내가 엄마 대신 들어갈 수 있지 않을까? 내가 고래였다면…… 혹은 문어였다면……. 엄마들의 유전자를 받아 바다와 관련된 무언가로 유전자 변이가 되었다면…….

내가 아직 모르고 있을 뿐, 나는 이미 유전자가 변이된 상태일 수도 있다. 육지에서는 아무 변화가 없지만 바다로 들어가면 특성이 발현될지도 모른다.

바다에서 사람들을 살릴 방법을 찾고 죽는다면, 그것만으로도 가치 있는 생이 아닐까? 그게 바로 내가 태어난 이유가 아닐까? 어차피 난 곧 죽을 테니까, 죽기 전에 이렇게라도 쓸모를 다할 수 있으면 다행이기도 했다.

어수선한 생각들 생각 때문에 잠을 잘 수가 없었다. 날이 밝으면 엄마에게 말해야지. 나는 피곤을 잊은 채 어딘가에 있는 고래를, 문어를, 해수 엄마를, 상어와 거북이를, 해파리와 조개와 등 푸른 생선과 미역을 떠올렸다.

이런저런 생각에 뒤척이다 아침이 되었는데 밖은 여전히 고요했다. 엄마가 아침 식사를 준비하는 소리가 들리지 않았다. 어제 늦게 주무셨나? 내가 엄마 대신 바다에 가겠다고 생각하니까 마음이 차분해졌다. 엄마가 깨지 않도록 조심조심 아침 식사를 차리기로 했다. 그래 봤자 간단했다. 텃밭에서 딴 싱싱한 채소와 연구소에서 배급해주는 에너지바를 접시에 담으면 끝이었다.

식탁 위에 채소 접시를 내려놓다가 손이 미끄러져서 놓치고 말았다. 깨지지는 않았지만 댕그르르 하는 요란한 소리가 났다. 그 소리가 커서 엄마가 금방 일어날 줄 알았는데 아니었다.

엄마 방문을 두드렸다. 똑똑똑. 답이 없었다. 몇 번 더 두드리다가 살며시 문을 열었다. 엄마는 잘 때 암막 커튼으로 창문을 가려놓기 때문에 방에는 빛 한 점 들어오지 않은 상태였다. 열리는 문을 따라 천천히 빛이 방 안으로 들어갔다. 침대 위까지 빛이 닿았을 때 나는 더 이상 몸을 움직일 수 없었다.

"엄마?"

엄마가 없었다. 아무 말도 없이 내게서 떠나가버렸

다. 조만간 간다고만 말했으면서. 밤을 새웠는데도 엄마가 집을 나가는 걸 왜 몰랐지? 나도 모르게 깜빡 졸았었나? 진짜 바다로 간 거야?

나는 이룩이 우리 집으로 놀러 올 때까지 문 앞에 계속 서 있을 수밖에 없었다.

바다로 들어가는 인간은 두 부류였다. 죽고 싶어서, 혹은 살고 싶어서. 과거에서부터 잠들어 있던 미생물과 바이러스는 인간의 유전자에 영향을 주어 변이시켰다. 그게 인간을 살릴지, 죽일지는 바다에 맡겨야 했다.

그건 고래 유전자와 결합한 엄마도 마찬가지일 터였다. 게다가 엄마가 무사히 돌아와도, 신체가 온전할지는 시간이 지나야 알 수 있는 일이었다. 엄마가 어떤 모습이라도 상관없었다. 무사히 돌아오기만 한다면. 제발, 제발…….

엄마가 집을 나간 다음 날 연구소에서 사람이 왔다. 코코아가루를 비롯해 각종 밀키트, 열매를 따도 일주일 안에 다시 맺힌다는 신품종 나무 화분, 통풍이 잘

되는 천으로 만든 옷 등을 주었다. 엄마의 목숨값으로 나에게 이런 걸 주는 걸까. 보기만 해도 화가 났지만, 물건들을 집어 던지는 대신 차곡차곡 잘 정리했다. 하나도 낭비할 수 없었다. 이록도 나를 도와 찬장을 채워 넣었다.

어느새 찬장이 꽉 찼다. 그러고도 식품이 남았다. 괜찮다고 하는 이록에게도 식품을 나눠 주었다. 이건 고야 엄마의 목숨값이잖아. 말하지 않아도 이록의 표정에서 알 수 있었다. 그래서 더 나눠 주고 싶었다. 엄마의 목숨을 나 혼자 받아먹다가는 배가 터져 죽을 것 같았다. 내가 죽더라도 우리 엄마를 기억하는 사람이 있기를 바라기도 했다.

"그러면 엄마가 돌아올 때까지 내 옆에 있어줘."

"내가 네 옆에 있을게."

피는 계속 나오는데 엄마는 오지 않는다. 어지럼증이 심해져서 방 안에만 있는 시간이 길어지고 있었다. 누워 있다가 침대 헤드에 기대면 바로 바다가 보여서 아쉬움이 가셨다. 내 얼굴은 점점 창백해지고 그런 나를 보는 이록의 얼굴도 덩달아 핏기가 가시고 있었다.

"너는 얼굴이 왜 그래?"

"몰라. 네가 하얗게 되니까 나도 그런 거 같아."

"개구리도 위장 기술이 있던가? 신기하네."

"농담할 기운은 있구나. 나 잠깐 나갔다 올게."

"어디 가는데?"

이록의 말이 끝나기가 무섭게 본능적으로 질문이 튀어나왔다. 입술을 악물었다. 이록이 보이지 않으면 내 곁을 떠나갈까 봐 불안해졌다. 이록은 아무렇지 않게 내 머리카락을 정리해줬다.

"에너지바 나눠 주는 날이잖아. 어차피 먹을 거 많은데 가지 말까?"

"아냐. 간 김에 다른 친구들도 만나고 와."

"하하, 그럴까? 아니면 가지 말고 네 옆에 있을까?"

"놀리지 마. 얼른 가!"

"웅…… 다녀올게. 기다려."

이록은 침대 옆 탁자에 에너지바와 물, 약간의 과자

를 두고 방을 나갔다. 나밖에 없는 방에는 파도 소리가 가득했다. 작년보다 올해 해안선이 더 가까워진 것같다. 언젠가는 창문 밖으로 몸을 던지면 바닷속으로 다이빙할 수 있을지도 모른다. 그렇게 되기도 전에 내가 죽을 것 같지만.

바다가 가까워지는 것보다 죽음이 가까워지는 속도가 더 빠른 듯했다. 바다가 고야 엄마를 데려가지 않으면 좋겠다. 사람들이 들어가면 죽는다고, 죽음의 바다라고 욕을 해도 나는 바다를 좋아했는데……. 이런 내 마음을 바다도 알면 엄마를 무사히 돌려보내주겠지?

그러나 이록이 돌아오지 않는다. 엄마처럼.

나는 혼자 남았다.

내 방은 2층에 있고 엄마 방은 1층에 있었다. 계단을 오르내리기가 벅차서 엄마가 돌아올 때까지만 엄마 방을 사용하기로 했다. 이제 내 동선은 엄마 방, 주방, 화장실 정도였고 가끔 컨디션이 좋으면 바다가 시원하게 보이는 텃밭에 나가는 게 다였다. 그러나 대부분은 잠에 빠져 있었다. 창문 너머로 들려오는 파도 소리가 나를 자꾸만 잠들게 했다.

그렇게 잠들면 평온하고 사랑이 넘치는 꿈을 꿨다. 파도가 칠 때마다 하얀 포말이 부서지고, 퍼지는 물방울 사이로 해수 엄마가 환하게 웃고 있었다. 고야 엄마 역시 내가 한 번도 보지 못한 미소를 지으며 바다 어디에서든 들릴 듯한 고래의 노래를 불렀다. 이록은 뭍과 물을 개구리처럼 뛰어다니며 나에게 물을 뿌렸다. 퍼지는 물방울 사이로 강하게 내리쬐는 햇살이 무지개를 만들고, 나는 그 아래에서 한들한들 춤췄다.

"지화야, 엄마는 너를 사랑해. 내 목숨보다 더."

해수 엄마가 내게 말했지만, 목소리를 들어본 적이 없어서인지 고야 엄마의 목소리로 들렸다. 그래서 두 엄마가 동시에 사랑한다고 말하는 것 같았다. 누구의 대용품으로서가 아니라, 온전히 나만을 사랑한다는 속삭임이 파도에 실려 와 나를 적셨다. 나는 이록의 손을 잡고 무지개를 지나 바다에 발을 담그고 물장난을 쳤다.

바다에 몸이 닿기만 해도 죽게 된다던 말과 달리, 바닷물은 햇살에 달궈져 따뜻했다. 파도가 발가락 사이를 간지럽혀서 깔깔거리고 웃었다. 먼바다에서는 돌고래들이 수면으로 솟아올랐다가 부드럽게 물속으로 들어갔다. 훤히 들여다보이는 깨끗한 바닷속에는 형형색색의 산호초들이 일렁거리고 있었다. 우리는 생명의 바다에서 마음껏 넘어뜨리고 넘어지고 헤엄치고 잠수하다가 그대로 물속에서 잠이 들었다.

꿈속에서 잠들었는데 실제로는 잠에서 깼다. 어느새 밤이 됐는지 사방이 깜깜했다. 불규칙적으로 밀려오는 파도 소리만이 적막을 깨뜨리고 있었다. 행복했는데…….

바다로 들어가고 싶은 생각이 치밀어 올랐지만 이를 악물고 버텼다. 조금만 더 기다리면 올 거야. 돌아온다고, 기다리라고 했어. 나는 바다처럼 짠 눈물을 흘리며 파도 소리를 듣다가 다시 잠들었다.

집으로 찾아오는 사람도 없어서 외딴섬에 고립된 기분이었다. 연구소에서 준 밀키트 덕분에 식사 준비는 수월했으나, 입에 음식을 집어넣어 씹고 삼키는 행위 자체가 어려웠다. 그래도 꾸역꾸역 먹었다. 그래야 엄마와 이록이 돌아왔을 때 반겨줄 힘이 있을 테니까. 삶을 향한 지독하고 이기적인 열망이 내 유전자에도 담겨 있어서 그런지 어떻게든 버텨냈다.

시간이 지날수록 점점 더워졌다. 더위 때문에 몸도 마음도 늘어졌다. 창문을 타고 들어오는 짭조름한 냄새가 나를 절망과 희망으로 절여놓는 것 같았다. 축 처진 몸을 애써 이끌고 찬장을 열어보았다. 그 많던 식량이 얼마 남지 않았다.

내가 마을 끝자락에 있는 연구소까지 가서 식량을 받아 올 수 있을까? 나를 잘 보살피겠다던 연구소 사람들의 약속은 지켜지지 않고 있었다. 차라리 수많은 미생물과 바이러스가 있는 바닷속에 몸을 던지는 게 나을 것 같았다. 내 유전자가 그것들과 결합해 변이를 일으켜서 내 신체가 변형될 수 있도록. 바다는 날 죽일까, 살릴까? 꿈속에서 봤던 바다라면 나에게 새로운 생명을 줄 텐데. 정말로 먹을 게 떨어지면 그때는…….

"지화야."

문밖에서 목소리가 들렸다.

"이록……?"

문이 열리고 이록이 들어왔다. 원래 더위를 많이 타서 집에서는 상의를 벗고 다니던 아이였는데, 지금은 머리끝부터 발끝까지 꽁꽁 싸매고 있었다. 예전과 똑같이 나를 다정하게 부르던 목소리가 아니었으면 이록을 알아보지 못했을 것이다.

"너, 너 뭐야? 왜 그러고 있어? 왜 이제야 온 거야? 그동안 뭐 했어? 어디 아팠어? 무슨 일 있었어? 그것 좀 벗어봐. 얼굴 좀 보게, 응?"

원망과 미움, 그리움이 두서없이 터져 나왔다. 눈의 수분마저 피로 빠져나가서인지 눈물은 나오지 않았다. 메마른 눈동자로 이록에게 가까이 다가갔다. 그러자 이록은 내가 다가간 만큼, 딱 그만큼만 멀어졌다.

"이럴 거면 왜 온 거야?"

"내가…… 너무 흉해서……. 네가 싫어할까 봐……. 옮는 건, 그래도 옮는 건 아니야. 그냥 보기가 흉해서 그래……."

"그러면 얼마나 흉한지 보자."

"네가 날 징그럽게 생각하면 어떻게 해? 무서워하거나 경멸하면?"

"그럴 거였으면 어릴 때 그랬겠지. 초록색 빡빡이였던 이록아."

"어릴 때보다 더 심하단 말이야……."

"가만있지 않으면 미워할 거야."

그 말을 하자 이록은 몸이 경직된 것처럼 뻣뻣하게 섰다. 어디서 그런 힘이 났는지 모르겠다. 성큼성큼 다가가서 록의 얼굴을 가리고 있던 모자를 벗기고 후드를 내렸다. 얼굴 곳곳에 빨간 반점이 피어 있었다.

이록과의 거리를 유지하기 위해 늘 성과 이름을 같이 불렀지만, 더는 참을 수 없었다. 이록은 이제 록이었다. 내가 자신을 혐오스럽게 여길까 눈에 눈물을 그렁그렁 매단, 나의 사랑스러운 록.

손을 뻗어 록의 목을 잡아당겼다. 록은 버티지 않고 내게 이끌려 왔다. 화상을 입은 것처럼 일그러진 피부가 보기 흉하긴 했지만, 록은 록이었다. 스치듯 닿았던 입술은 여전히 부드럽고 말랑거리고 따뜻했다. 록은 벼락이라도 맞은 듯이 몸을 펄쩍 뛰면서도 내가 밀려나서 넘어질까 내 등을 살짝 감싸 안았다. 벌벌 떠는 록 때문에 입술 사이로 웃음이 새어 나왔다. 그 틈사이로 록의 입술을 물었다. 록이 아까보다 더 펄쩍 뛰었다. 개구리 유전자가 있어서 이렇게 잘 뛰는 건가? 다시 킥킥 웃으며 아랫입술을 물었다가 윗입술을 핥았다. 록이 울고 있는지 짠맛이 났다. 그런데 나는 계속 웃음이 나왔다. 록이 너무 귀여웠다. 혀도 넣어보고 싶었지만 록이 선 채로 기절할 것 같아 쪽 소리를 내며 떨어졌다.

"나, 나, 키, 키스……."

"혀도 안 넣었는데 무슨 키스야. 뽀뽀지 뽀뽀. 자, 이제 내가 너 싫어하거나 무서워하거나 경멸하지 않는다는 거 믿겠어? 모르겠으면 한 번 더 할까?"

"믿어……. 근데……."

"근데 뭐."

"한 번 더 하면 안 돼⋯⋯?"

저런 말을 하면서 덜덜 떨고 눈물을 뚝뚝 흘리는 록의 모습이 귀여웠다. 얼굴을 쓰다듬자 빨간 반점 부분이 살짝 튀어나온 걸 느낄 수 있었다. 아프지 않느냐고 묻는 대신 눈을 감았다. 너무 웃어서 그런지 내 눈에서도 눈물이 한 방울 흘렀다. 이번에는 록이 내게 다가왔다.

기쁨의 재회를 끝낸 우리 둘 가운데에는 약병과 주사기가 있었다. 나는 그걸 바라보며 록의 이야기를 들었다. 내가 자고 있을 때 고야 엄마가 잠시 집에 들렀다고 했다. 록의 말을 듣자 해수 엄마가 고야 엄마의 목소리로 나를 사랑한다고 말했던 꿈이 생각났다. 목숨보다 더 사랑한다던 말을 들은 건 꿈이 아니었다. 나는 흘러나오는 눈물을 닦지 못한 채 록을 재촉했다.

"엄마는? 엄마는 어디 있어?"

"고야 엄마가 샘플로 가져온 건 극피동물인 불가사리였어. 불가사리는 팔이 잘리거나 장기가 손상되어도 스스로 재생할 수 있대. 근데 아직 불가사리 항체에 대한 안정성이 입증되지 않아서 바로 사용할 수가 없었어. 그래서 임상 실험에 참여할 지원자를 받았지. 나도 지원했고."

"솔직하게 말해줘. 엄마는 어떻게 됐어?"

"고야 엄마는…… 이미 바닷속에서 각종 바이러스에 노출되어서 신체가 무너져 내리고 있었어. 연구에 지원했지만…… 손쓸 수 없이 신체가 흩어져서……."

록의 눈에서 또 눈물이 흘렀지만 나는 오히려 눈물이 멎었다. 록이 하는 말이 현실로 느껴지지 않았다. 록은 내 몫까지 울려는지 계속 흐느꼈다. 멍한 정신으로도 록의 눈물을 닦고 또 닦았다. 그러다 문득 록의 눈물을 핥았다. 짠맛이 느껴지면서 정신이 번쩍 들었다. 엄마는 바다로 들어가 해수 엄마에게 가고 싶어 했었다. 엄마의 시체를 연구에 이용하는 걸 가만히 두고 볼 수 없었다.

"엄마는 어딨어? 혹시 연구소에 있어?"

"아니……. 연구소에 있으면 안 될 정도로 손상이 심

해서 바다로 가셨어."

"그럼 됐어. 응. 괜찮아. 내가 꿈을 꿨는데, 해수 엄마랑 고야 엄마 둘이 바다에서 행복하게 있었거든. 너랑 나도 있었고 다 같이 물놀이도 했어. 고야 엄마는 죽으러 간 게 아니라 해수 엄마를 보러 간 거야."

"지화야……."

"이제 이거 맞으면 돼?"

"주사를 맞고 괜찮을 확률이 높긴 하지만 나처럼 보기 흉해지는 부작용이 일어날 수도 있어. 너는 지금까지 그 어떤 유전자 특성도 발현되지 않았으니까 또 다른 부작용이 생길 수도 있고. 나는 네가 주사를 맞지 않겠다고 해도 괜찮아. 어떤 상황에서도 네 곁에 있을 거야. 너만 괜찮다면."

"엄마랑 네가 고생해서 가져온 거잖아. 나 때문에 그렇게 된 건데 내가 원망스럽지는 않아?"

"절대. 전혀."

"나도 그래. 무슨 일이 있어도 너를 원망하지 않아. 절대로."

우리는 결연한 눈빛을 하고 서로를 바라봤다. 록이 주사기에 약물을 채우고 내 팔에 주사했다. 팔이 뻐근해도 아프진 않았다. 열이 나거나 피부가 가렵지도 않았다. 록은 내가 민감하게 반응하지 않을지 걱정스럽게 살펴봤다. 시간이 제법 지나도 괜찮은 듯하자 그제야 안심할 수 있었다.

우리는 한 침대에 누워 서로의 체온을 느끼며 잠에 빠져들었다. 오랜만의 깊고도 달콤한 잠이었다.

불가사리 유전자가 담긴 항체는 이미 다른 동물의 유전자와 결합한 사람에게도 큰 이상 반응을 보이지 않았다. 초기에는 눈치 보듯이 불가사리 유전자를 먼저 결합한 사람을 관찰하더니 안전하다는 생각이 들자 너도나도 몰려와 유전자 결합을 시도했다.

심각한 수준은 아니지만 피부 발진이라는 부작용이 있긴 했다. 발진은 사람에 따라 정도가 조금씩 다르게 나타났다. 잠시 발진이 생겼다가 흔적도 없이 사라진 사람도 있고, 여드름처럼 살짝 자국만 남은 사람, 혹은

록보다 발진이 더 심해 피부가 도드라지게 올록볼록
해진 사람도 있었다.

그래도 사람들은 살기 위해 불가사리 유전자를 적
극적으로 받아들였다. 피가 멎지 않는 사람, 피부나 장
기가 괴사하는 사람은 물론이고, 노화로 인해 피부의
탄력이 저하되거나 굽은 허리를 가진 사람도 모두 건
강하고 젊어졌다.

나는 외부 유전자와 결합한 적이 없기 때문인지 오
히려 남들보다 회복 속도가 느린 것 같았다. 그래도 다
행히 하혈이 멈췄고 컨디션도 점점 나아졌다.

나와 다르게 록은 얼굴만 빼고 온몸을 꽁꽁 싸맸다.
안정화를 마친 약물을 주입한 게 아니라 초기에 임상
실험을 받아서 그런지 팔이나 등이 올록볼록 튀어나
오는 증상이 점점 심해지고 있었다. 시간이 해결해줄
거라고 믿는 수밖에 없었다.

록은 자신의 몸을 징그러워해서 숨기고 싶어 했지
만, 나는 록이 그럴수록 오히려 더 껴안고 입을 맞췄
다. 별자리를 헤아리듯 록의 팔에 난 발진을 어루만지

고, 록도 모르는 나만의 비밀 같다며 등에 난 발진 하나하나에 입을 맞췄다. 그러다가 입술에 닿으면 바다보다도 더 커다란 록의 마음이 전해져 웃었다.

그러나 언제부턴가 사람들의 발진이 점점 심해지더니 발진이 일어난 부위가 뭉툭한 가시처럼 되었다. 신체의 극히 일부만 남아 있어도 재생이 가능하다는 불가사리의 재생력을 인간이 감당할 수 있다고 생각한 게 잘못이었던 걸까. 불가사리는 인간의 신체 안에서도 자기 자신을 재생하고 있었다.

불가사리는 바다가 아니면 살 수 없는 생물이다. 몸 안에서 불가사리가 자라는 사람들은 뜨거운 햇볕 아래 말라비틀어지고 있었다. 아무리 물을 퍼부어도 몸은 바닷물을 원하게 됐다. 죽음의 문턱에 선 사람들은 눈물도 흘릴 수 없었다. 불가사리의 유전자가 살려고 하는 건지 고통을 견디지 못해 자살을 하려는 건지 모를 걸음으로 바다를 향해 터벅터벅 걸어갔다.

바다로 들어가면 죽는다, 남은 사람들을 생각해라, 증상을 해결할 약을 개발 중이다……. 친구와 가족이 울면서 붙잡아도 소용없었다. 그들은 바다에 가까워질수록 생생해졌다. 메마른 피부에 윤기가 돌고 홀쭉해졌던 얼굴에 살이 올랐다. 생명력이 넘치는 모습으로 소중한 사람들을 뒤로한 채 망설임 없이 바다로 들어갔다.

나는 늘 바다에 가고 싶은 마음이었기에 오히려 평소와 크게 다르지 않았지만, 록은 바다를 향한 열망이 점점 커지는 것 같았다. 그나마 록은 집이 바다와 가까이 있어서 그런지 변이하는 속도가 느렸으나 이대로 가다간 말라 죽을 게 분명했다.

"바다로 가자."

"싫어. 난 죽지 않을 거야. 널 두고 가지 않아."

울보였던 록은 눈물도 흘리지 못하고 버석해진 몸으로 나를 끌어안았다.

"록아, 죽는 게 아니야. 그리고 우리는 같이 갈 거야. 바다로 가서 바다 생물의 생에 기대어 살자. 인간이면서 불가사리가 되어 바다를 여행하자. 미생물과 바이러스를 먹으며 바다를 정화하게 될지도 몰라."

"해수 엄마와 고야 엄마처럼?"

"응. 엄마들처럼. 어쩌면 우리를 기다리고 있을걸?"

우리는 다정히 손을 잡고 싶었으나 록의 손에 뭉툭한 돌기가 돋아 온전히 잡을 수가 없었다. 그래서 팔짱을 꼈다. 내 팔에 난 자그마한 돌기와 록의 팔에 난 큰 돌기가 조각난 물건을 하나로 이어 붙인 것처럼 딱 들어맞았다.

나는 해수 엄마가 고야 엄마와 결혼할 때 입었다던 하얀색 원피스를 입고, 록은 통이 넓은 검은 바지를 입었다. 우리는 산책을 하는 것처럼 바다를 향해 걸었다. 바다에서 불어오는 바람에 옷자락과 머리카락이 흩날렸다. 록은 조심스럽게 내 머리카락을 정리해주고 내 입에 입을 맞췄다.

늘 바라보기만 했던 바다가 코앞이었다. 발가락을 간지럽히는 파도 때문에 웃음이 나왔다. 꿈에서 느꼈던 것보다 더 생생하고, 더 시원했다. 수분 부족으로 텅 비었던 몸이 서서히 가득 차는 것 같았다. 록을 바라보니 퀭했던 얼굴에 생기가 돌고 있었다.

"바다에 오니까 어때?"

"시원해!"

한 걸음 한 걸음 깊은 바다를 향해 걷고 있는데 어디선가 고래 울음소리가 들렸다. 꿈에서 들었던 고야 엄마의 웃음소리가 떠올랐다. 먼바다에서 무언가가 철─썩 바다 표면을 두드리자, 거대한 물보라가 일어나며 무지개가 반짝거렸다.

우리는 생명의 바다에서 행복할 것이다.

나는 돌고래 아카와 함께 바닷속을 헤엄쳤다. 수면에 가까워서인지 햇볕을 한껏 받은 물이 따끈따끈했다. 내 코에서 숨이 보글보글 나가는 걸 보고 아카가 지느러미를 흔들었다. 아카의 지느러미를 잡자, 아카가 빠르게 수면 위로 올라갔다. 숨이 탁 막힐 것 같을 때 콧구멍을 익힐 듯 뜨거운 공기가 코로 들어왔다.

　"우리가 계속 바닷속에 있을 수 있으면 좋을 텐데!"

　내 말을 들은 아카가 동의한다는 듯이 소리를 냈다. 나는 아카의 뺨을 다정하게 쓰다듬고 숨을 아주 깊게 들이마셨다. 아카도 숨을 들이마시는 걸 확인하고 달궈진 공기를 벗어나 서늘한 물속으로 천천히 들어갔다.

나는 땅이 모두 물에 잠겨 바다만 남아버린 지구에
서 태어났다. 바다 위에서 태어나서 그럴까? 애초에 땅
에서 태어났던 어른들보다 물에 들어가 지내는 걸 잘
했다. 실은 바다 위에서 태어난 사람 중에서도 제일 잘
하는 것 같았다. 멀리까지 지치지 않고 헤엄치고, 깊은
곳까지 잠수하고, 오랫동안 숨을 참았다. 물 위에 둥둥
떠서 편하게 잠잘 수도 있었다.

바다가 좋았다. 수면 위로 보이는 거라고는 하늘과
태양, 바다 위에 떠 있는 배뿐이었지만, 빛을 받아 반
짝이는 바다를 헤엄치면 내가 요정이 된 기분이었다.
그러다가 숨을 깊게 마시고 허리를 접은 뒤 아래를 향
해 두 손으로 물결을 가르며 내려가면 또 다른 세상이
펼쳐졌다.

알록달록한 산호초와 그 주위를 돌아다니는 물고기
들, 바닥을 기어다니는 바다 벌레와 달팽이까지. 인간
을 제외한 모든 것들이 다 바닷속에 있었다. 마른땅이
있을 때 지었던 회색 건물들은 바다 생명에 둘러싸
여 형형색색으로 빛나고 있었다.

난 내 친구 아카와 함께 다니며 바다에서 살아가는 데 필요한 걸 충분히 알아가고 있었다.

그러나 어른들은 바다를 두려워했다. 지구가 점점 뜨거워지면서 빙하라는 커다란 얼음 덩어리가 순식간에 녹아서 어떠한 대비도 못 한 채 대부분의 땅이 물에 잠겼다고 했다. 해일에 풍화되어 남은 땅들마저 깎여 나갔고 육지 자체가 자취를 감췄다고 했다.

하늘이 노해서 비가 너무 많이 오는 재앙이 찾아왔다고, 선택받은 자만이 구원받을 거라며 소리치는 사람도 많았단다. 그때 죽은 사람들이 차라리 호상이었다며 부러워하는 할머니를 본 적 있다. 옛날에는 누가 죽으면 시신을 땅에 묻거나 불에 태워 가루로 만들었다는데 지금은 그냥 바다에 버린다. 우리 아빠도 그렇게 바다의 일부가 되었다.

마른땅이 모두 사라진 건 어른들 탓인데. 하지만 나는 착하니까 "있을 때 잘했어야지!" 하고 말하지 않겠다.

파란 요트를 모는 카이 아저씨가 화려한 옷을 구한

다고 만나는 배마다 알렸다고 한다. 아저씨는 불을 피울 수 있는 사람이라 물건을 잘 찾아다 주면 물고기도 구워 주고 따뜻한 국물도 얻어먹을 수 있었다. 엄마에게 다녀오겠다고 인사를 한 뒤 배가 뒤집히지 않도록 조심스럽게 다이빙했다. 배와 조금 멀어지고 나서 잠수했다.

빌딩 사이에서 헤엄치던 아카가 나를 발견하고 빠르게 다가왔다. 날렵하고 뾰족한 주둥이로 왜 이제 왔느냐고 투정 부리듯 내 옆구리를 콕콕 찔렀다. 간지럽다는 뜻으로 온몸을 비틀다가 손을 내밀어 아카의 등지느러미를 쓸고 뺨을 쓰다듬었다. 아카는 반갑다는 듯 '카카' 하는 소리를 내며 웃더니 내 손을 자신의 지느러미로 착 내려치고 앞서갔다. 나는 아카의 뒤를 따라 어느 건물 쪽으로 다가갔다.

옛날에는 많은 사람이 머물던 건물이었겠지만 지금은 바다 생물들의 집이었다. 건물 안팎이 모두 바다 식물로 뒤덮여 있었다. 이곳에 있는 바다 식물의 대부분은 먹을 수 있는 종류인데, 조금씩 뜯어 먹고 나중에 돌아오면 다시 무성하게 자라 있었다.

식물들 사이로 아주아주아주 작은 생명들이 빨빨거리며 돌아다니는 걸 보는 재미도 있었다. 게다가 둘러보면 쓸 만한 물건이 많았다. 옷이나 플라스틱 컵, 아카가 좋아하는 공 같은 것들. 깨진 창문 사이로 흘러 나간 것도 많겠지만, 창고에 남아 있거나 무거워서 가라앉은 것들도 있었다. 온 세상이 바다가 되기 전에는 사람들이 엄청 많았던 걸까? 그래서 이런 옷과 신발이 잔뜩 남겨진 걸까?

바닷속에서는 욕심을 부리면 안 됐다. 내가 남들보다 숨이 훨씬 더 길다고 해도 너무 많은 걸 챙기면 무게 때문에 쉽게 떠오를 수 없었고, 그럼 결국 숨이 부족해졌다. 아카가 아니었다면 정말 죽었을지도 모른다. 수면 위로 올라올 때 품에 안은 것들을 몇 번, 몇십 번이나 버린 끝에 꼭 필요한 걸 가능한 만큼만 챙기는 습관을 들였다.

다른 사람들도 이 건물까지 올 수는 있었지만 나보다 더 깊이 내려갈 수는 없었다. 너무 넓어서 한 층을

다 돌아보는 것도 힘겨워했다. 그래서 이 건물은 내 보물 창고이기도 했다. 나보다 더 깊은 곳까지 내려갈 수 있는 사람을 본 적이 없다. 나는 어쩌면 세상이 물에 잠긴 뒤에 태어나, 바뀐 세상에서 살아남을 수 있도록 몸이 진화한 존재 같기도 했다.

카이 아저씨가 좋아할 법한 화려한 옷은 두 층 더 내려가야 있었다. 그물 가방을 허리춤에 묶고 아카에게 손가락 두 개를 편 뒤 아래를 가리켰다. 아카가 알았다는 듯 고개를 끄덕이고 몸을 내밀었다. 나는 아카의 몸에 매달려 빠르게 아래로 향했다.

아카는 나랑 몸집이 비슷하긴 했지만 돌고래라서 나보다 훨씬 더 빠르고 힘차게 헤엄쳤다. 그래서 급할 때는 아카한테 매달려 목적지까지 가곤 했다. 꼬리지느러미가 속도의 비결인가 싶어 건물을 뒤져 아카의 꼬리지느러미와 비슷한 걸 찾아 발에 끼워보기도 했는데 아카처럼 빠르게 헤엄칠 수는 없어 포기했다. 어차피 그런 물건을 가지고 다닐 수도 없었고.

아래층으로 내려가자마자 눈에 들어온 노란색, 녹

색, 파란색이 뒤섞인 화려한 옷을 집었다. 혹시 카이 아저씨 맘에 안 들까 싶어 그 옆에 있는 것도 집어 그물 가방에 넣었다. 건물 창문으로 나와 옥상에 가방을 묶어놓고 수면 위로 올라갔다.

숨을 천천히 들이마시고 내쉬는 걸 반복하는데 아카의 위턱이 수면 위로 불쑥 튀어나왔다. 이어 머리와 등이 올라오고 아카의 숨구멍이 공기를 들이마시는 게 느껴졌다. 아카가 자기는 숨을 다 쉬었다는 듯 물속으로 들어가 내 다리를 툭툭 건드렸다.

"아카, 이번에는 먹을 게 많은 곳으로 갈 거야."

다시 숨을 아주 깊게 들이마시고 물속으로 들어가 아카의 등지느러미를 잡았다. 아카는 꼬리를 세차게 흔들며 쏜살같이 아래로 헤엄쳐 갔다. 뚫린 창문을 통해 건물 안으로 들어간 다음 한 층 아래로 내려갔다.

이곳에는 깨진 창문이 없어서 물건들이 바다로 흩어지지 않고 잘 남아 있었다. 쉽게 썩거나 상하는 건 모두 바닷물에 녹아버렸다. 남아 있는 건 단단한 통 안에 들어 있거나 공기 없이 밀봉된 것들이었다. 나

는 토마토 통조림과 스파게티 면, 에너지바와 물 한
병을 챙겼다.

옛날 사람들은 물에 잠긴 식료품도 상하지 않게 할
수 있을 만큼 기술이 좋았다. 그런데 왜 세상이 바다
로 변하는 건 막지 못했을까?

어느 날 혼자 먹을 걸 구해서 배를 향해 헤엄쳐 가
고 있는데, 아카가 나타나서 내 발을 간지럽히고 수면
위로 올라왔다. 자세히 보니 아카는 입에 뭔가를 물고
있었다. 내가 손을 내밀자 아카는 순순히 입을 벌렸다.
꺼내 보니 화려한 목걸이였다. 크루즈를 타고 있던 사
람들 목에 걸린 목걸이보다 더 알이 크고 화려한 것
같았다. 들고 허공에서 흔들어보자 돌멩이 사이로 빛
이 들어오며 반짝였다.

"이거라면…… 더 좋은 배를 구할 수 있을지도 몰라!"

파도가 조금만 거세도 선체가 뒤집힐까 벌벌 떨지
않아도 되는 배. 더 크고 넓고 안전한 배. 바닷속에서
건진 물건을 보관할 공간이 있는 배.

"아래에 이런 것들이 많아?"

아카에게 물어보는 도중에 다른 돌고래들이 위로 올라왔다. 아카의 가족이었다. 돌고래들이 똑똑하고 사람을 공격하지 않는다고 해도, 보통 인간을 친구나 가족처럼 대하지는 않았다. 그러나 어느 건물에서 물건들에 깔려 있던, 나보다 몸집이 작던 아카를 구해준 다음 아카의 가족들은 나를 친구로 받아들여서 이렇게 가끔 찾아왔다.

아카의 가족이 모두 입을 벌리고 나를 바라봤는데, 입안에는 목걸이, 팔찌, 반지 같은 것들이 가득했다. 내가 그걸 품에 안고 기뻐하자 돌고래들도 기분이 좋은지 꼬리로 수면을 때리거나 허공으로 뛰어오르며 물보라를 일으켰다. 하얗게 부서지는 물보라 사이로 빛이 아롱거렸다.

그러나 품에 있는 것들이 너무 많고 무거웠다. 작고 묵직한 것들이라 그물 가방에 넣어도 구멍 사이로 다 빠져나갔다.

나는 양손 가득 든 것들을 바라보다가 주머니에 넣

을 수 있을 만큼 채워 넣었다. 너무 무거워서 수면에
뜨지 못할 것 같고 바지도 내려갈 것 같았다. 근사한
배와 따뜻한 음식이 머릿속에 맴돌았다. 바다의 흐름
이 조금씩 달라지는 걸 보니 해류가 배들을 모을 날이
머지않은 것 같았다. 크루즈가 올 수도 있는데…….

그러나 바다에서는 욕심을 부리면 안 된다. 나는 그
말을 되새기며 손가락에 헐거운 반지를 바닥으로 떨
어뜨리고, 목걸이 두 개만 양 손목에 둘둘 감았다. 아
래로 떨어지는 것들을 내려다보다가 시선을 돌리니 돌
고래들이 실망한 눈빛을 하고 있어 서둘러 위로했다.

"다들 고마워. 근데 내가 다 가져갈 수 없어서 그래.
그래도 두 개나 챙겼어!"

그러자 발목도 있지 않느냐는 듯 돌고래들이 내 발
을 콕콕 찌르며 간지럽히는 통에 깔깔거리며 웃었다.
떨어지는 걸 고새 가져왔는지 아카가 목걸이를 두 개
더 챙겨 왔다. 하는 수 없이 발목에도 목걸이를 둘둘
감고 돌고래들 앞에서 양손과 양발을 다 흔든 다음에
야 배로 돌아갈 수 있었다. 물 위에 둥둥 떠 있는 나를

돌고래들이 순서대로 밀어줬다.

나는 엄마를 깜짝 놀라게 해주고 싶어서 오는 길에 나머지는 내 아지트에 숨겨두고, 목걸이를 하나만 챙겨 배에 올라갔다.

"뭐 가져온 거 있니?"

내가 아무 말도 하지 않자 엄마가 한숨을 쉬었다.

"이번에 올 해류에서 교환할 물건이 별로 없는 것 같아 걱정이네."

오늘이 며칠인지, 지금이 몇 시인지 정확히 알 수는 없지만 6개월에 한 번 크게 움직이는 해류를 따라 사람들이 자연스럽게 모이는 때가 있었다. 해류는 각자 순환하는 구역만큼 움직였기 때문에 그 해류가 흐르는 방향과 범위를 벗어나면 다른 해류가 모이는 곳으로 사람들이 모이게 됐다. 그래서 6개월 후에 만나자고 해도 인연이 닿지 않으면 만날 수가 없었다.

가끔은 이 해류를 타고 똑똑하거나 부자인 사람들이 잔뜩 탄 크루즈도 왔다. 그들은 작은 배들 사이에서 드문드문 전해지는 소문을 모으기도 하고 바다에서 찾은 물건들과 크루즈 안의 물건을 교환하기도 했다. 생선이나 바다 식물 같은 건 그들에게 필요하지 않았다. 큰 배에는 물고기들을 잔뜩 잡을 튼튼한 그물도 있었고, 그 물고기를 얼려서 보관할 창고도 있었다. 그들에게는 다른 크루즈에게 과시할 수 있거나, 이전 시대를 연구할 자료가 되는 옛것이 중요했다.

"짜잔!"

"세상에, 이렇게 큰 보석이 달린 목걸이라니! 어디서 났어? 이런 게 더 있어?"

"어……. 잘 모르겠어요. 더 뒤져봐야 해요."

"어딘데? 엄마랑 같이 가서 찾아보자."

"아냐, 깊어요. 엄마는 못 가요."

"혹시 너랑 같이 다니는 돌고래가 구해준 거니? 그 돌고래한테 더 많이 가져오라고 해봐! 남들이 가져가면…… 아니야, 돌고래만 구할 수 있는 거면 깊은 곳에 있다는 뜻이겠지. 이번 기회에 우리도 크루즈를 타는 거야. 얼른 가져오라고 해!"

엄마가 목걸이를 꽉 쥔 채 계속 소리를 질렀다. 처음

보는 모습이었다. 겁에 질리거나 화나지는 않았다. 오히려 슬퍼졌다. 옛것은 우리가 조금 더 풍족하고 안전하고 행복한 삶을 살게 해주었지만, 나는 거기에만 매달리고 싶지는 않았다.

"엄마, 바다가 되고 싶어요?"

"뭐?"

"엄마 마음속에 태풍이 온 거 같아. 잔잔해질 때 돌아올게요."

도로 바다로 들어가 엄마에게서 멀어졌다. 어느새 따라온 아카가 내 마음을 알겠다는 듯 주둥이를 내 머리에 비볐다. 아카에게 매달린 채 한숨을 쉬자 수면을 향해 퐁퐁퐁 올라가는 공기 방울이 보였다.

사람도 물속에서 살 수 있으면 얼마나 좋을까. 그럼 더 좋은 배를 구하려 노력하지 않아도 되고, 바닷물이 식수로 정화될 때까지 오랫동안 기다리지 않아도 되고, 먹거리도 풍족하게 누리며, 어디로든 자유롭게 다닐 수 있을 텐데.

"이번에는 크루즈가 안 올 모양이지?"

"내가 들은 소문이 있는데……. 크루즈 사람들이 옛것을 찾는 이유가 따로 있었어."

"자기들이 좋아하니까 모으는 게 아니었어?"

"크루즈를 탄 사람들보다 능력이 더 좋은 사람들은 다 해저도시에 있대. 크루즈 사람들도 그 해저도시에 들어가고 싶어서 재물을 모으는 거라더라고."

하지만 나는 해저도시에 관심 없었다. 어디에 있는지는 모르겠지만 아마 내가 잠수해서 갈 수 있는 곳보다 훨씬 더 깊은 곳에 있을 터였다. 맨몸으로 도시 밖을 나갔다가는 심해 압력으로 짜부라질 테니 자유롭게 수영하며 지낼 수 없을 것이었다.

그러나 작은 배에서 지내는 사람들은 크루즈 사람들이 해저도시로 이주해서 생긴 크루즈의 빈자리라도 차지하고 싶어 눈이 벌게졌다. 엄마도 마찬가지였다. 크루즈를 만나 내가 그동안 가져온 목걸이들과 반지들을 더 크고 안전한 배와 교환하고 나서도 내게 비싼 것, 옛것을 더 많이 가져와야 한다고 신신당부를 했다.

엄마는 비밀로 하려고 했지만, 돌고래가 비싼 물건을 가져다줘서 우리가 더 튼튼한 배로 바꿀 수 있었다는 소문은 파도를 타고 너울너울 흘러갔다.

"저게…… 뭐지?"

평소처럼 아카와 헤엄치며 바다를 돌아다니고 있는 데, 배에 묶여 있는 돌고래가 눈에 들어왔다. 돌고래는 사람이 가라는 대로 움직이고 있었다. 배가 멈추고 사람이 돌고래를 두드리자 잠수를 했다. 그때 다른 돌고래는 교대하듯 수면으로 올라와 입을 벌리고는 잡은 물고기를 사람에게 바쳤다. 뒤늦게 잠수했던 돌고래도 돌아왔다.

돌고래가 입을 열지 않자 남자는 거칠게 턱을 벌려 아무것도 없는 걸 확인했다. 그러고는 바로 손을 들어 돌고래를 때렸다. 돌고래가 아파서 우는데도 폭력은 멈추지 않았다. 멀리서 그 돌고래를 구하러 다른 돌고래가 다가오자 주변 사람들이 모두 바다로 뛰어들어 그물을 펼치더니 돌고래를 잡았다.

끔찍한 광경에 몸이 얼어붙고 머리가 하얘졌다. 나 때문이었다. 내가 아카에게 선물을 받는 바람에 돌고래들이 괴로워진 거다. 나는 아카를 끌어안고 아래로, 저들이 오지 못하는 깊은 바닷속으로 내려갔다. 온몸이 터질 것처럼 괴로웠지만 마음이 더 아팠다. 인간은 욕심쟁이였다. 바다에서 살려면 그래선 안 되는데.

밤바다는 어두워서 물속으로 들어오는 이들이 없었다. 낮 동안 모은 에너지로 조명을 켜 일하는 이도 있지만, 그런 사람은 극히 드물었다. 나는 보통의 사람들과 달랐다. 밤에도 무엇이 있는지 선명하게 볼 수 있었다. 배에 묶여서 괴로워하는 돌고래를 구할 수 있을 만큼.

아카와 함께 물속 건물들을 샅샅이 뒤져 칼을 모았다. 그중 두꺼운 천을 잘 자를 수 있는 칼을 골라 손에 쥐고 아카에게 아까 그 돌고래를 찾아달라고 했다. 아카가 낸 소리는 해류를 타고 다른 돌고래로, 돌고래에서 돌고래로 전달되어 묶인 돌고래에게까지 도달했다.

아카의 안내를 받아 돌고래를 찾아내고, 혹시라도

아카가 잡힐까 봐 따라오지 못하게 한 다음 홀로 다가가서 조심스럽게 돌고래를 구했다. 밤에는 그물 안에 잡아두는 것 같았다. 돌고래가 빠져나올 만큼 그물을 자르자 돌고래는 주둥이를 내 목덜미에 조심스럽게 비비더니 이내 어딘가로 사라졌다. 나는 다른 배에 묶인 돌고래까지 모두 풀어준 다음 배들에서 멀어졌다.

엄마가 크루즈에 탈 수 있도록, 그간 모은 것들을 모두 배에 올려둔 채 잠든 엄마에게 작별을 고했다. 그리고 홀로 바다로 뛰어들었다.

그러나 나는 결코 혼자가 아니었다. 아카의 가족은 나를 가족으로 받아들여줬고, 내가 하는 일을 적극적으로 도왔다. 돌고래들의 대화를 통해 도움이 필요한 생명이 어디 있는지 알려줬고, 거기까지 함께 가서 묶인 생명을 구할 수 있도록 도왔다.

내가 그물을 끊자마자 인간인 날 보고 도망가는 돌고래도, 오히려 나를 공격해서 자고 있던 사람을 깨워버리는 돌고래도, 너무 많이 맞아 풀어줘도 제대로 살

수 있을까 걱정되는 돌고래도 있었다. 나는 돌고래나 사람에게 얻어맞으면서도 돌고래 구조를 멈추지 않았다.

내가 구한 생명이 많아질수록 바다에는 내 편이 늘어났다. 고래와 바다거북은 내가 잠깐이라도 물 밖에서 편히 쉴 수 있도록 수면으로 올라와 등을 내주었다. 물 위에 둥둥 떠서 자도 괜찮았지만 단단한 무언가에 기대고 있는 느낌이 더 좋긴 했다. 인간이라서 먹고자는 일이 바다 동물들보다 번거로웠지만, 손을 자유롭게 사용할 수 있는 덕분에 동물들을 구할 수 있다고 생각하며 힘을 내기로 했다.

나도 언젠가 바다의 일부가 될 테니, 그 전까지는 바다를 더 자유롭게 만들고 싶었다. 돌고래들을 구하는 인간이 있다는 사실을 알고 나를 잡겠다며 뜬눈으로 밤을 지새운 사람들도 생겼다. 그들이 작살을 던지고 배 옆에서 기다리고 있다가 주먹을 날려도, 내가 할 수 있는 걸 하고 싶었다.

그러나 나 혼자서 많은 생명을 살리기는 역부족이

었다. 해저도시에서 올라온 게 분명한, 거대한 무언가가 그물을 던져서 물고기들을 잡아 가고 있었다. 그러다가 나도 잡히고 말았다. 어디서부터 그물을 친 건지 모르겠지만, 넓게 펼친 그물을 아주 멀리서부터 끌고 온 터라 내가 잡힌 것도 몰랐다.

그물 안에는 돌고래, 새끼 고래 등 다양한 바다 동물이 있었다. 물고기는 산호를, 돌고래는 물고기를, 인간은 그 모든 것들을 먹는다는 걸 안다. 그게 먹이사슬이고 자연이라는 말을 들은 적도 있다. 그렇지만 인간의 생존을 위해 한 번에 저렇게 많은 양이 필요하다고? 물고기, 돌고래, 상어 상관없이 닥치는 대로 잡아간다고?

너무 많은 양을 끌고 가려 했기 때문인지 거대한 그물을 거두는 속도가 많이 줄어들었다. 바다에서는 욕심을 버려야 한다. 나는 버둥거리는 물고기 사이를 지나쳐, 같이 잡힌 돌고래, 바다거북 등의 도움을 받아 수면 위로 올라갔다. 숨을 깊게 들이마시고 도로 내려와 늘 가지고 있던 칼로 그물을 끊기 위해 안간힘을 썼다.

촘촘하고 튼튼한 그물이라서 칼질로 구멍을 내는
데 평소보다 몇 배나 힘이 들었다. 게다가 그물을 가
득 메운 물고기들이 몸부림을 쳐서 칼질 자체가 쉽지
않았다. 몇 번이나 숨을 쉬러 수면으로 올라갔다 내려
온 후에야 적당한 구멍을 낼 수 있었다. 그곳으로 물고
기들이 쏟아져 나갔다. 나도 떠밀려서 밖으로 나왔다.

이대로 도망칠 수도 있었지만 그물을 잡은 채 다른
쪽으로 이동했다. 아카가 거기 있었다. 여러 번 자맥질
하는 동안 수많은 생명이 버둥거리는 틈바구니에서
아카를 발견했다. 손을 뻗어 아카의 뺨을 만지며 아카
를 진정시켰다.

아까보다 더 빠르게 칼질을 했다. 그물을 꽉 쥐느라
손바닥에서 피가 배어 나왔지만 상관없었다. 어서 아
카를 풀어주고 싶었다. 작은 구멍이 생기자 몸이 작은
물고기들부터 빠져나왔다. 필사적으로 파닥거리는 물
고기와 부딪쳐 온몸이 아팠으나 이를 악물고 구멍 주
변을 계속 뜯어냈다. 아카 몸이 얼마나 자랐던지, 이

정도 크기의 구멍으로는 턱도 없었다.

다시 숨을 고르고 내려와 칼질을 했는데, 무언가가 내 옆구리를 스치고 지나갔다. 작살이었다. 작살이 주변에 있는 물고기들을 관통한 채 바닥으로 천천히 가라앉고 있었다. 주위를 살펴보자 잠수복을 입은 사람이 나를 작살로 조준하고 있었다. 사람을 망설임 없이 공격하는 걸 보면 이들에게 살려달라고 빌어봤자 소용없을 것이 뻔했다.

아랑곳하지 않고 칼질을 하자 그물이 투두둑 끊어지며 한꺼번에 많은 바다 동물이 쏟아져 나왔다. 바다 전체로 생명이 흘러가는 모습은 정말 아름다웠다. 말로만 들었던, 하늘에서 터지는 폭죽을 본다면 이런 마음이지 않을까 싶었다.

감상도 잠시, 재빨리 도망치려 했으나 그보다 먼저 작살이 나에게 날아왔다. 물고기 몇 마리가 꽂힌 작살이 내 폐를 꿰뚫어 숨을 쉴 수가 없었다.

그물에서 빠져나온 아카와 다른 돌고래들이 아래로 가라앉는 나를 잡기 위해 헤엄쳐 오는 게 보였다. 나는 웃으면서 아카를 향해 손바닥을 펴고 잠시 멈춘 다음 손을 흔들었다. 오지 말라는 내 뜻을 알았는지 아카가 빙글빙글 돌며 슬프게 울었다. 아카의 울음소리를 들은 다른 돌고래들도 나를 위해 노래를 불러주었다.

지금까지 갈 수 없던 바다의 바닥을 향해 가는 중이었다. 그곳에서 내 몸이 새로운 산호초를 자라게 하면 좋겠다. 그럼 그걸 먹고 또 다른 생명들이 자라나겠지.

나는 바다가 될 것이다.

쏘이가 쏜살같이 헤엄쳐 수면 밖으로 뛰어올랐다가 경쾌하게 바닷속으로 들어왔다. 꼬리가 수면을 두드리는 소리에 신이 날 정도였다. 어찌나 날이 좋은지 저 멀리에 있는 고래가 숨구멍을 통해 분수를 뿜어서 무지개가 생기는 것까지 보였다. 나도 리리의 도움을 받아 수면 밖으로 떠올랐다가 머리부터 잠수했다. 떼를 지은 돌고래들이 재밌다며 웃었고 몸을 회전하거나 함께 뛰어올랐다. 내가 노래를 부르자 나를 따라 돌고래들도 합창했다. 그렇게 신나게 놀고 있는데 엄마가 멀리서 나를 부르는 소리가 들렸다.

"파랑아! 그만 놀고 밥 먹어!"

돌고래들과 인사를 하고 집을 향해 헤엄쳤다. 우리

가족을 비롯해 물속에서 살 수 있는 사람들은 이 커다란 바위산과 그 근처의 돌굴뚝 근처에 모여 보금자리를 잡았다. 바위산에는 해초가 가득하고, 따뜻한 물이 샘솟는 돌굴뚝 주변으로는 조개, 소라게, 오징어 등이 살고 있어서 식량 걱정이 없었다. 집으로 가는 길에 모래 아래 파묻힌 작은 게를 몇 마리 잡았다. 그러자 엄마가 게를 깔끔하게 손질해서 조개껍데기 접시 위에 조갯살, 해초와 함께 올려놨다.

"오다가 료타 오빠랑 밍밍 언니 봤는데 엄청 급하게 어딜 가더라. 숨 쉬는 걸 잊은 거야?

"정찰하러 간 거야. 요새 이 근방으로 배 인간들이……. 아니, 아니다. 밥이나 먹어."

배 인간들이…… 이다음 말이 뭐길래 안 해주는 걸까? 배가 뭐였더라? 사람을 태우고 물 위에 떠다니는 거라고 했었나? 윗집 할머니가 이야기해준 것 같아 떠올려보려고 해도 기억나지 않는다. 엄마는 내게 숨기는 게 너무 많다. 알 필요도 없고, 어차피 이 드넓은 바다에서 마주치기도 쉽지 않으니 몰라도 된다고 어른들은 말하지만 언니 오빠들이 정찰까지 할 정도면 무슨 일이 생겼다는 뜻인데.

"엄마, 나도 이제 어린애 아니야. 알려줘야 조심할 수 있어!"

내 말을 듣고 엄마가 한숨을 쉬었다. 여기선 한곳에 자리를 잡으면 거기가 곧 집이 됐는데, 집과 집 사이를 가려주는 벽이 없어서 대화를 하면 다른 사람들이 다 듣고 한마디씩 한다. 지금도 옆집 삼촌이 내 말을 듣고 킥킥거리며 웃고 있었다. 삼촌을 말없이 째려보고 고개를 돌려 다시 엄마를 바라봤다. 내가 영 틀린 말을 한 건 아닌지 엄마가 입술만 달싹이고 있었다.

"파랑 엄마, 알려줘. 언제까지 안 알려줄 거야. 그렇게 비밀을 만들다가 파랑이가 갑자기 모험을 떠나야겠다고 가출하면 어떻게 해!"

바위산 동굴에서 할머니의 카랑카랑한 목소리가 들리자 엄마가 어쩔 수 없다는 듯 입을 열었다.

"파랑아, 우리는 물속에서 살고 있잖니. 그런데 보통 인간은 물속에서 살지 못한단다."

인간은 다 똑같은 줄 알았는데 어떤 인간은 물속에서 살지 못한다는 엄마의 말에 나는 눈이 동그래지고 말았다.

"인간이라면서. 우리랑 달라?"

"다 같은 인간이었지만, 우리는 바다 생활에 적응했고 그들은 그러지 못해서 배에서 사는 거야. 그래서 저들을 배 인간이라고 부른단다."

"우리가 특별한 거야?"

"특별…… 그래, 특별해. 생긴 건 비슷하지만, 우리만 물속에서 살아갈 수 있으니까. 그런데 특별하다는 건 인간의 기준에서는 보통이 아니라는 거고, 다르다는 뜻이기도 해. 그들은 아직 우리의 존재를 몰라. 물 밖에 사는 배 인간은 욕심 많고 이기적이라서 우리처럼 특별한 존재를 보면 괴롭힐지도 몰라. 게다가 파랑이는 돌고래나 상어 친구들이랑 대화할 수 있지? 배 인간들이 알면 신기해서 잡아가려 할 수도 있어. 그러니까 배를 탄 인간을 보면 멀리 피해야 해. 알았지?"

엄마의 설명을 들어도 물에서 살지 못하는 인간들

이라니 불쌍한 동물들이라는 생각만 들었지만, 엄마의 얼굴이 너무 슬퍼 보여서 고개만 끄덕였다.

어느 날 요미와 함께 헤엄도 치고 양손으로 요미의 등을 박박 쓰다듬으면서 즐겁게 노는 중이었다. 물살이 빨라지는 것 같아 수면 위로 올라가 주위를 살폈다. 흐름이 약한 소용돌이가 있으면 들어가서 놀 생각이었는데, 눈앞에서 누군가 물살에 휩쓸린 걸 보고야 말았다. 처음 보는 어린아이였다. 멀리서 여기까지 헤엄쳐 온 건가?

내 또래처럼 보여서 같이 놀고 싶었는데 뭔가 이상했다. 노는 게 아니라 물살에 휩쓸려 어쩔 줄 모르는 것처럼 보였다. 엄마가 말한 물속에서 살지 못하는 배 인간인 걸까? 나도 모르게 물속으로 들어가서 아이를 눈으로 좇았다.

공격은커녕 반항도 못 할 것 같은 삐쩍 마른 아이였다. 배 인간을 조심하라는 말과 그들은 물에 빠지면 죽는다는 말이 머릿속에서 뒤섞였다. 어떻게 해야 할지 망설이는 사이에 그 아이와 눈이 마주쳤다. 모든 걸 놓아버린 것처럼, 살고자 하는 의지가 없는 듯한 텅 빈 눈동자였다.

차라리 살려달라고 발버둥 쳤으면 도망갔을 텐데, 물살에 저항 없이 몸을 맡긴 모습을 보니 떠나기 망설여졌다. 그때였다. 요미가 물살에 휩쓸려 너울거리는 아이를 보고 호기심이 생겼는지 다가가려고 했다. 요미는 상어라서 궁금하거나 관심이 생기면 뭐든지 물고 보는 습관이 있었다. 요미는 가볍게 무는 거겠지만, 저 인간은 팔이나 다리가 두 동강이 날지도 몰랐다.

나도 모르게 요미를 붙잡아 말리고 아이를 향해 헤엄쳤다. 물살에 휩쓸린 물건들이 몸으로 날아와 부딪치기도 했으나 아랑곳하지 않고 아이에게 다가가 손을 뻗었다.

아이는 갑작스러운 접촉에 놀랐는지 눈을 반짝 떴다. 아까는 분명 텅 빈 눈동자였는데, 이제 놀란 기색이 가득했다. 엄마가 배 인간은 물속에서 호흡할 수 없어서 물에 빠지면 다 죽는다고 했다. 그럼 숨을 쉴 수 있게 해주면 되겠지.

아이의 입술에 입을 맞추고 숨을 후우 불어넣었다. 하얗게 질린 얼굴이 붉어지며 한결 괜찮아진 것 같았다. 길쭉한 무언가가 이쪽으로 휩쓸려 빠른 속도로 다가왔다. 나는 아이의 팔을 잡고 재빨리 헤엄쳤다. 다행히 소용돌이 크기가 작고 흐름이 느려서 수월하게 빠져나올 수 있었다.

소용돌이에서 멀리 떨어진 곳으로 헤엄쳐 간 후에 수면 위로 올라갔다. 소용돌이 근처에는 아주 커다란 물건이 있었는데, 엄마가 말한 배인 것 같았다. 가끔 비슷하게 생긴 물건이 바닷속에 처박힌 건 봤는데, 저렇게 커다란 게 물에 떠 있다니 신기했다.

"괜찮아?"

"고, 고마워."

내 또래이거나 혹은 나보다 더 어린 것 같은 여자아이였다. 추워서 그런지 무서워서 그런지 덜덜 떨었다. 그 모습이 안쓰러워 두 팔로 아이를 꽈악 끌어안았다.

"괜찮아, 이제 안전해."

아이는 내 몸을 생명줄처럼 붙들었다. 나는 아이가 괜찮아질 때까지 몸을 맞대어 빈틈없이 안아주었다. 아이의 몸에서 떨림이 점차 가라앉고 서서히 온기가 느껴지려고 할 때, 아이가 뭔가 보고 놀랐는지 나를 더 강하게 끌어안았다.

"상어가 아직도 저기 있어……."

시선을 돌리니 요미가 근처에서 느릿느릿 헤엄치고 있었다. 요미에게 나중에 보자는 뜻을 담아 소리를 내자 요미가 마음에 안 든다는 듯 몇 번 빙글빙글 제자리를 돌더니 점점 멀어졌다.

"와, 설마 상어랑 말이 통해?"

"조금은."

아이가 반짝거리는 눈으로 나를 바라보니까 내심 마음이 우쭐거렸나. 비밀로 해야 하는데 나도 모르게 자랑하듯 말이 튀어나왔다.

"엄청 신기하다! 혹시 돌고래랑도 말이 통해?"

"응."

"좋겠다! 돌고래는 사람들 근처에 절대 안 오던데."

"근데 이거 비밀이야. 알았지?"

"응! 아무한테도 말 안 할게!"

잡고 있던 팔을 풀자 아이는 바로 나를 껴안았다. 물속에서 숨을 못 쉴 뿐만 아니라 수영 자체를 할 줄 모르는 걸까? 희미하게 떨리는 아이의 팔을 느끼고 등을 토닥이며 물었다.

"너 수영할 줄 몰라?"

"응……. 아빠가 안 가르쳐줬어."

"사방이 바다인데 왜?"

"내가 도망갈까 봐……."

말을 듣자마자 얼굴이 딱딱하게 굳었다. 바다만 남은 세상에서 수영을 하지 못한다는 건 언제든 죽을 수 있다는 뜻이었다. 그래서 모든 걸 다 포기한 모습이었을까? 이 아이를 배로 돌려보내고 싶지는 않았지만, 엄마가 배 인간은 물 밖에서 산다고 했으니 바닷속으로 데려갈 수도 없다. 물에 젖은 머리카락만 매만지며 고민하고 있으니 아이가 아무렇지 않게 입을 열었다.

"저기 물에 떠 있는 나무판자까지만 데려다주면 나

혼자 배까지 갈 수 있어."

"그런 아빠한테 돌아간다고?"

"저기에 아빠는 없어. 아빠가 저 배에 날 팔았거든. 요리, 설거지, 청소, 낚시 같은 잡일을 해야 하지만, 그래도 이제 굶지도 않고 괜찮아. 배가 크고 튼튼해서 안전하기도 하고"

"너 방금 물에 빠져서 죽을 뻔한 건 알지?"

"낚시하다가 실수했어. 소용돌이가 생긴 건 처음이야. 다음부터 구명조끼를 챙겨달라고 하면 줄 거야. 아마도……."

아이의 얼굴이 흐려졌지만 배로 돌아가는 것 말고는 방법이 없었다. 엄마는 인간이 위험하다고 했지만 아이를 보니 그러지 않을 수도 있을 것 같았다. 오히려 눈을 반짝거리는 모습이 귀여웠고, 메리 언니가 얼마 전에 낳은 사랑이가 생각나기도 했다.

"배까지 데려다줄게. 등에 매달려."

아이는 내 팔을 잡고 천천히 움직인 다음 목을 끌어안고 등에 매달렸다. 겁나는지 팔로 목을 조르는 힘이 좀 강해서 말을 할까 고민하긴 했는데, 아이가 떨어지는 것보다는 나을 것 같아 그냥 두기로 했다.

속도가 빠른 게 아니었는데도 신이 났는지 아이는 내 목을 끌어안던 오른팔을 풀어 흔들었다. 비록 남의 등에 타고 있는 상태지만 수영은 처음일 테니 신나기는 할 것이었다.

"우와아! 대단해!"

이 아이를 위해 조금 더 수영하다가 배에 데려다줄까 했는데, 배에서 먼저 우리를 발견한 듯했다. 큰 배에서 작은 배가 천천히 내려와 우리가 있는 쪽으로 다가왔다. 배에는 아저씨 한 명이 타고 있었는데, 서로 아는 사이인지 아이가 몸을 방방거리며 반겼다.

"아저씨!"

"연희야, 괜찮아?"

"네! 전 괜찮아요!"

아이는 무섭지 않았는데, 아무리 아이와 아는 사이라고 해도 나보다 훨씬 커다란 배 인간을 보니 걱정이 앞섰다. 이 정도면 내가 할 수 있는 일은 다한 것 같았다. 나는 재빨리 아이의 팔을 풀어 배를 잡도록 도왔다. 아저씨의 손을 잡고 배 위에 올라가고 마른 천으로 머리부터 닦는 걸 본 후 돌아가려는데 아이가 인사를 했다.

"저, 고마워. 잘 가."

나도 몸을 돌려 손을 흔든 다음, 잠수를 하려고 하자 아저씨가 재빨리 입을 열었다.

"아니 잠깐만. 연희야. 너는 네 목숨을 구해준 은인을 그냥 보낼 생각이었어? 얘야, 그러지 말고 우리 배에 올라오지 않겠니? 연희를 구해준 보답으로 맛있는 걸 주마."

엄마가 배 인간은 위험하다고 했지만 아이를 챙겨주는 것도 그렇고, 아저씨가 다정하게 건네는 말을 들으니 전혀 나쁜 인간 같지 않았다. 도움을 주고받는 동물은 바닷속에서도 드물었다. 배 인간도 저마다 성격이 다를지도 몰랐다. 맞아, 쏘이가 더 활발하고 리리가 날 더 챙기는 것처럼 말이다.

나는 망설이다가 말없이 눈을 반짝거리며 기대하는

듯한 아이를 보고는 웃고 말았다.

"좋아요. 잠깐 들를게요."

배는 처음 타보는 것이었지만 아저씨의 도움 없이도 쉽게 오를 수 있었다. 아이가 바로 다가왔다. 아저씨는 내게도 천을 건네고는 커다란 배를 향해 이동했다.

"와! 잘 왔어. 있잖아, 내 이름은 연희야. 너는?"

"나는 파랑이야."

이름과 웃음과 온기를 나누는 사이에 커다란 배가 점점 가까워졌다. 파라다이스. 배 옆면에 크게 써 있는 걸 보니, 저 배의 이름이 파라다이스인 것 같았다.

"파라다이스가 무슨 뜻이야?"

"걱정이나 근심이 없이 행복한 곳, 낙원이라는 뜻이래. 맞죠, 아저씨?"

"맞아. 연희 똑똑하네."

연희는 칭찬을 받아 기쁜지 해맑게 웃었다. 낙원이라니, 맑고 넓은 바다 같은 곳일까? 커다란 배에 접근하자 어떠한 장치가 있는지 우리가 탄 배가 천천히 위로 올라갔다. 이렇게 바다 위로 높게 올라온 건 처음이라 몸이 딱딱하게 굳었는데, 연희가 말없이 내 손을 잡아줬다. 나도 연희의 손을 맞잡았다.

아저씨는 어디론가 가버리고, 연희만 남아 나를 안내했다. 바닥이 무척 딱딱했다. 걸을 때마다 발에서 나는 참참거리는 소리도 낯설고, 천장이 막혀 있는 것도 이상했다. 이렇게 오랫동안 물 밖에 있는 게 처음이라 그런지 몸이 무겁게 느껴지기도 했다.

"짠! 여기가 네 방이래. 이게 바로 아까 말했던 침대인데……. 와, 내 방에 있는 것이랑 비교가 안 되게 엄청 좋아 보인다. 좋겠다……."

"침대가 그렇게 좋아?"

"응. 이 배에 온 첫날 조금 무서웠는데, 푹신하고 따뜻한 침대에 누우니까 다 괜찮아졌거든. 작은 배에선 언제 배가 뒤집힐지 몰라서 두려워하다 겨우 잠들곤 했는데 그때와 비교가 안 돼."

물에 빠져 죽는다는 공포가 뭔지 모르니 공감할 수는 없었지만, 그래도 침대라는 것 덕분에 괜찮아졌다니 다행이었다. 얼마나 푹신한지 만져보려는데 연희가 나를 잡았다.

"지금 누우면 이불이 다 젖어. 우선 씻고 머리까지 말리고 누워야 해. 이 방에는 개인 욕실도 있네. 저기 들어가서 씻으면 돼. 알려줄게."

물이 없는 세상은 정말 이상하다니까. 어깨를 으쓱이고는 연희가 알려준 대로 욕실로 들어가 대충 씻고 물기를 닦았다.

방을 나오니 연희가 보이지 않았다. 자기 방에서 씻고 오려는 걸까? 밖에 나가서 연희를 찾으려고 했는데 문이 열리지 않았다. 연희가 방에 들어올 때 한 것처럼 툭 튀어나온 손잡이를 잡고 돌렸는데도 소용없었다. 조금 무서워져서 계속 문을 밀고 있는데, 어느새 연희가 밖에서 문을 열고 들어왔다.

"너, 날 속인 거야? 왜 나를 못 나가게 한 거야?"

"뭐? 그런 적 없어! 봐!"

연희는 손잡이를 잡고, 몸 쪽으로 당겼다. 그랬더니 문이 열렸다. 밖으로 나가 문을 닫은 다음, 문을 밀어서 들어왔다. 그런 뒤에 다시 문을 잡아당겨 열었다.

그제야 내가 오해했다는 걸 깨달았다. 욕실 문은 다 밀기만 하면 됐는데…….

"미안. 내가 오해했어. 문을 밀어도 안 열려서 당황했는데, 잡아당겨 여는 건 줄 몰랐어."

"그렇구나. 그럴 수 있지. 문이 안 열려서 무서웠겠다. 괜찮아?"

바보 같다고 놀리지도 않고, 자신을 오해했다며 화내지도 않다니, 연희는 정말 다정하고 상냥했다.

"응, 괜찮아."

"다행이다. 우리 밥 먹으러 가자! 식당에 맛있는 거 차려놨대."

연희가 내 손을 잡고 이끌었다. 바다에서는 내가 연희를 챙겨줬는데, 이제는 반대가 되었다. 나는 손을 쥔 채 빨리 움직여 연희의 옆에서 나란히 걸었다. 물 밖에 사는 인간은 그리 나쁜 존재가 아닌 것 같았다. 집에 돌아가면 엄마의 오해를 풀어줘야지.

연희를 비롯해 파라다이스에서 만난 인간들은 다들

다정하고 친절했다. 연희 또래가 별로 없어서 그런지 어른들은 나를 귀여워해주었다. 달콤한 초콜릿과 사탕도 주고 핫초코나 레모네이드 같은 음료수도 권했다. 바다에 있을 때는 먹어보지 못한 것들이라 무척 신기했다. 게다가 인간들은 음식을 날것으로 먹지 않았다. 끓는 물에 담가 삶거나 기름을 뿌려 구운 음식들을 내주는데, 내겐 생소하기만 했다.

이상한 점은 연희도 이런 음식들을 처음 먹어보는 것처럼 무척이나 신기해하고 좋아했다는 것이다. 자신의 몫으로 나온 걸 먹고도 배고파하는 것 같아 내 몫까지 주니 환하게 웃었다. 음식은 낯설어도 연희가 웃으니 괜찮았다.

연희는 방에 있는 침대도 부러워하며 그 침대에서 하루만 함께 자고 가면 안 되겠느냐고 나에게 부탁하기도 했다. 한 끼만 먹고 바로 돌아가려 했지만 연희의 말에 맘을 돌려 하룻밤 머물기로 했다. 등은 너무 푹신하고 이불이 몸을 눌러서 불편했는데 연희는 아주 좋아하며 옆에서 금방 새근새근 잠들었다. 나는 뜬눈으로 지새웠지만 괜찮았다. 하루쯤이야.

창문이 없어 밤이 얼마나 깊었는지는 알 수 없었지만 새벽이 되었다는 걸 본능적으로 느낄 수 있었다. 이번에는 문을 당겨서 열고 바다가 보이는 쪽으로 나갔다. 리리가 나를 부르는 소리가 들렸다. 연희가 일어나면 인사만 하고 돌아가면 되겠다 싶었다. 조금만 기다리라는 뜻을 담아 소리를 길게 뽑자 저 멀리서 돌고래 무리가 수면 위로 올라와 헤엄쳤다. 그걸 보고 있는데 갑자기 누가 날 붙잡았다.

"너, 아까 상어를 조종한 거 맞지? 돌고래도 부를 줄 알아?"

연희를 데리러 왔던 아저씨였다. 아저씨는 내 팔을 단단히 붙잡고 히죽거리며 말했다. 어제와 다를 게 없는 웃는 얼굴이었는데도 서늘한 새벽이라 그런지 뭔가 무서웠다. 나는 아무 대꾸도 하고 싶지 않아 말없이 팔을 비틀며 빼려고 했지만 소용없었다.

"혹시 네가 도망칠까 봐 밤새워 보초 서느라 피곤해 죽겠다. 쓸데없는 반항하지 마라."

"이거 놔요!"

"배만 보이면 죄다 숨는 것들이 저렇게 머리를 들이 밀다니. 너만 있으면 재미 좀 보겠어."

아저씨의 팔을 깨물어서 잡힌 팔을 빼내려 했는데 갑자기 세상이 까맣게 변하며 몸이 스르르 무너지는 게 느껴졌다.

배 인간들은 나에게 상어와 돌고래를 불러내면 처음 온 날처럼 따뜻한 음식과 푹신한 침대, 온수 샤워를 제공하겠다고 했지만, 바다에 사는 나에게 그런 건 다 필요 없었다. 바다에서는 배가 고프면 해초를 뜯어 먹고 조개를 잡아먹었다. 인간들의 음식은 나에게 너무 자극적이었고, 그렇게 맛있지도 않았다. 몸이 푹 들어가는 침대도 불편했다. 모래 위에서 편하게 자고 싶었다. 온수 샤워? 돌굴뚝에서도 온수는 충분히 나오는 데다가 씻는 것도 이끼나 각질을 먹는 물고기들에게 몸을 맡기는 게 훨씬 깨끗할 것이다.

선물이라며, 좋은 것이라며 내민 것들을 내가 다 거

절하자 인간들은 나를 바다가 보이는 갑판에 데려갔다. 코앞에 바다가 보이니 뛰어들고 싶었다. 내가 도망치려고 있는 힘껏 반항하자 말을 안 듣는 나쁜 아이라며 내 뺨을 때렸다. 저절로 나온 비명을 듣고 멀리 있던 어떤 돌고래가 다가오며 괜찮은지 물었다.

그때부터였다. 인간들은 내가 비명을 지르도록 폭력을 가했다. 그 뒤로는 제대로 기억이 나지 않는다. 그저 괴롭고 고통스러워서 고래가 물을 뿜듯이 비명이 튀어나오려 했다. 이를 악물며 소리 죽여 울었다.

불규칙적인 폭력의 소리와 새어 나오는 비명 사이로 희미하게 돌고래들이 내는 소리가 들리는 듯했다. 인간들이 하도 돌고래를 불러내라고 다그치는 바람에 내가 착각한 걸 테다. 그렇게 생각해도 불안함이 온몸을 칭칭 감아왔다.

배 인간들은 바다 친구들에게 내 비명을 들려주고야 말겠다는 듯 갑판 위에 나를 꽁꽁 묶어놓고 때렸다. 배 위로 불어오는 바람이 거칠고, 햇볕은 따가웠다. 물속에 있을 때는 느껴보지 못한 감각이었다. 예민

해진 피부 위로 뾰족한 독초를 문지르는 것 같았다. 어릴 때 돌굴뚝에 가까이 가지 말라고 하는 이유가 궁금해, 손을 뻗으면 닿을 정도로 가까이 다가갔다가 때마침 솟아오른 뜨거운 물에 휩쓸려 엉엉 운 적이 있었다. 하지만 지금은 그때보다 훨씬 더한 아픔이었다.

꿈을 꾸는 것 같기도 했고, 꿈이었으면 바라기도 했다. 내가 눈을 떴는지 감았는지, 희미한 시야 사이로 보이는 바다가 환상인지 진짜인지 구분할 수 없었다. 다만 코끝에 어린 바다 내음 때문에 아직도 숨을 쉬고 있다는 걸 알 수 있었다.

때때로 연희가 나타나 약을 발라주고 입안에 무언가를 넣어주었다. 하지 말라며 밀어내려고 해도 손가락 하나 까닥할 수 없었다. 그저 연희가 하는 대로 몸을 맡겼다. 연희는 계속 울었다. 미안하다는 말이 눈물과 함께 내 얼굴로 떨어졌다. 내 위로 떨어지는 짠물이 그리운 바다 같아서 조금 웃었던 것 같다. 그러면 연희는 더 울었다. 이런 식으로 바다로 돌아가고 싶다는 건 아니었는데. 울지 마. 이런 말을 했던가? 이것도 꿈인가?

시간이 얼마나 흘렀는지도 모르겠다. 갑자기 내 몸 위로 차가운 바닷물이 쏟아졌다. 그리운 고향의 흔적이었다. 수면 위에 떠서 파도를 맞고 있는 꿈을 꾸다가 눈을 떴는데 눈앞에 펼쳐진 광경에 커다란 비명을 지르고야 말았다.

배 바닥이 피로 흥건했다. 피라는 것이 믿기지 않아서 처음에는 인간들이 딸기시럽이나 케첩을 쏟은 줄 알았다. 피가 흘러나오는 곳을 바라보니 인간들이 모여 상어 지느러미를 자르고 있었다.

갑판에서 지느러미가 다 잘리고 몸통만 남아 펄떡이는 상어는 추락하듯 바다로 던져졌다. 상어는 지느러미가 없으면 헤엄치지 못하고 숨도 쉴 수 없다. 그래서 바다 밑바닥까지 떨어져서 아무것도 못 한 채 질식해 죽고 만다. 한쪽에서는 돌고래를 손질해 구워 먹고 있었다. 맛있는 부위만 먹고 버리자며 낄낄거리는 소리에 구역질이 나왔다.

"일어났니? 이놈들이 드디어 배 근처로 왔지 뭐야.

네 덕분에 잡을 수 있던 게 틀림없어. 정말 고맙구나, 애야."

"왜, 왜 이런 짓을 하는 거지? 먹을 만큼만 잡으면 되잖아!"

"상어 지느러미가 몸에 좋다더라고. 그리고 이런 망망대해에서 포커 치거나 술 마시는 것도 하루이틀이지, 사냥하는 게 이렇게 재밌을 줄 몰랐네."

자연이니까, 서로 먹고 먹히며 순환하는 게 바다니까, 먹고살기 위해 사냥을 하는 건 이해할 수 있었다. 그러나 이건 생존을 위한 게 아니었다. 순전히 재미를 위한 학살이었다.

나 때문이었다. 내 비명이 새어 나오지 않았으면 상어들과 돌고래들이 평소에 잘 피해 다니던 배 주위로 다가오지 않았을 것이다.

정신이 천천히 끊기면서 몸이 바닥으로 넘어졌다. 내가 방금 이 광경 때문에 지른 비통한 소리를 듣고, 또 다른 친구들이 도와준다고 소리를 치면서 이쪽으로 오고 있었다. 오지 말라고 해야 하는데, 도망가라고 해야 하는데…….

내가 정신을 차리고 식사를 거부하자 배 인간들은 자기들끼리 의논을 하더니 눈앞에 연희를 데려왔다. 한동안 보이지 않았는데 어디서 맞은 건지 입가에 상처가 있었다. 연희는 그 작은 몸 어디에서 용기가 난 건지 또박또박 말했다.

"파랑이는 많이 아파요. 방에서 쉬게 해주세요."

한 인간이 연희가 건방지다며 머리를 툭툭 쳤다. 다른 인간들은 그걸 말리기는커녕 낄낄거리며 웃었다. 대장처럼 보이는 인간은 연희의 말이 그럴듯하다고 생각했는지 나를 안아 올리려고 손을 뻗었다. 내가 발버둥을 치려고 하자 어느새 연희가 옆으로 와 고개를 흔들었다. 단단한 의지가 담긴 연희의 눈동자를 빤히 보다가 온몸에 힘을 뺐다.

"역시, 또래 친구가 있으니 좋구만."

욕을 하지 않기 위해 입을 꾹 다무는 것만으로도 힘들었다. 대장 인간은 창문도 없는 방에 나를 가뒀다.

연희는 중간에 어딘가로 사라졌다가 김이 모락모락 나는 죽을 쟁반 위에 담아 왔다. 먹고 싶지 않았다. 밥을 먹어 체력을 회복하면 또다시 때려서 비명을 지르게 할 것 같았다.

"먹어. 먹어야 낫지."

"안 먹어."

"그럼 너 죽어."

"죽을 거야."

그 말을 끝으로 나는 온몸에 열이 올라 정신을 잃었다. 시야는 흐릿하지만 연희가 정성을 다해 나를 돌보는 걸 느낄 수 있었다.

맞을 때보다 방 안에 갇혀 있는 동안 더 아팠다. 배 인간들은 내가 정말 죽을 것 같았는지 연희에게 나를 살려내라고 으름장을 놨다. 연희는 꼭 살릴 테니 내가 다 나을 동안 오지 말라고 그들에게 당부했다. 스트레스를 받아 더 아픈 모양이라고. 실제로 인간들이 와서 한마디씩 할 때마다 열이 더 오르는 것 같았다. 내 상태가 많이 안 좋았는지 연희 외에 아무도 오지 않았다.

연희는 이마에 맺힌 땀을 물수건으로 닦으며 소곤
거렸다.

"도망갈 수 있어."

"뭐……?"

"다 나으면 나가게 해줄게. 내가 배 안에서 잡일 다
한다고 했잖아. 사람들이 먹는 음식에 몸을 마비시키
는 해초를 조금씩 넣고 있어. 그러니까 체력을 비축하
면서 조금만 기다려줘. 곧 바다로 돌려보내줄게."

연희의 말을 듣는데 눈물이 나왔다. 열에 들떠 나오
는 건지, 연희가 원망스러운 건지, 인간들이 미운 건지,
배에 있는 많은 인간 중에서 가장 작고 힘없는 연희만
이 나를 돌려보내주겠다고 마음먹었다는 사실이 안쓰
러워서 그런 건지 모르겠다. 연희의 거칠고 갈라진 손
가락이 세심하게 내 눈물을 닦고 또 닦아주었다.

연희만이 나를 도와주기 위해 애쓰고 있었다. 처음
만났을 때는 가녀린 팔로 덜덜 떨면서 내게 매달리던
연희였는데, 이제 언제나 같은 자리에 있는 바위산처
럼 단단하고 믿을 수 있는 존재가 되었다는 사실을 깨

달았다.

"정말……?"

내가 반응을 보인 게 기쁜지 연희가 맑게 웃으며 내 이마부터 머리까지 쓰다듬었다. 다정하고 따뜻한 손길이었다.

"정말이야. 내가 죽더라도 널 구할 거야. 그러니까 포기하지 마."

처음 본 날 연희는 살려는 의지 없이 그저 바닷속에서 흩날리는 모습이었다. 하지만 이제 내가 죽으려 하자 연희가 자신의 목숨을 바쳐서라도 날 살리려 하고 있었다.

"내가 같이 노는 돌고래 친구들 소개해줄게. 우리가 만났던 날 네가 봤던 상어도. 걔 귀여워. 엄청 귀여워서 귀요미의 요미를 따서 이름 지은 거야. 그리고 우리 엄마도 봐야지. 너를 보면 친구가 생겼다고 좋아할 거야. 그러니까 죽지 마. 우리 같이 도망가자."

그래서였을까. 나도 힘을 내어 내 머리를 연신 쓰다듬던 연희의 손을 잡고 진심을 담아 또박또박 말했다.

물속에서 숨 쉬는 거야 내가 연희에게 숨을 불어 넣어 주면 된다. 음식을 익혀 먹어야 한다면, 배에서 살다가 바닷속으로 이사 온 어른들한테 물어봐서 방법을 찾을 수 있을 것이다. 잘 때는 물에 뜨는 적당한 물건을 구해주고 내가 곁에서 잘 지켜주면 괜찮을 터였다. 연희는 내 말을 듣고 환하게 웃더니 나를 껴안고 울었다.

"응, 응……. 같이 도망가자. 같이……."

그러나 욕심 가득한 인간들을 피해 도망갈 수 있다는 생각 자체가 너무 순진했나 보다. 연희가 음식에 수상한 것을 넣고 있다는 사실을 인간들이 금세 알아차리고 말았다.

인간들은 내가 도망갈 생각조차 할 수 없게 하려는지, 나와 연희를 갑판 위로 끌고 온 다음 내 눈앞에서 연희를 때리고 또 때렸다. 연희는 잘못했다고 빌지 않았다. 두 눈을 똑바로 뜨고 매서운 기세로 인간들을 노려봤다.

"파랑이를 바다로 돌려보내줘요! 재미로 바다 동물

들을 잡지 말라고요!"

"이년이 그동안 먹여준 은혜도 모르고!"

연희는 계속 반항했다. 반항할수록 더 맞게 되는데도 계속 소리쳤다. 소리를 낼 수 없는 나 대신 온 바다에 울릴 것처럼 크게 외쳤다.

하지 말라고 소리치고 싶었다. 우리를 놓아달라고 빌고 싶었다. 그러나 지금도 고개를 돌리면 물 위로 머리를 내밀고 주위에서 아주 크게 원을 그리는 돌고래 무리가 보였다. 내가 소리를 내면, 구할 수도 없는 나를 위해 모이고, 울부짖고, 배에 몸을 부딪칠 것이다.

입을 다물지도, 벌리지도 못한 상태로 눈물만 뚝뚝 흘렸다. 연희와 눈이 마주쳤다. 연희의 눈에서 살고 싶다는 절박한 의지가 별처럼 반짝였다. 나를 안심시키려는 듯 미소 지었지만, 결국 쓰러지고 말았다.

배 인간들은 정신을 잃은 연희를 망설임 없이 들어 갑판 너머로 들이밀었다. 앞으로 벌어질 일을 똑바로 보라는 듯 인간이 내 목덜미를 붙잡았다.

"이게 다 너 때문이다. 너 때문에 저 계집애가 죽는

거야."

　온몸을 비틀며 연희에게 다가가려고 했으나 손이 닿지 않았다. 손톱을 세워 할퀴려 해도 남자가 두껍고 소매가 긴 옷을 입고 있어 상처 입힐 수도 없었다. 인간들은 이 와중에도 소리를 내지 않는 나를 보고 독한 년이라며 혀를 찼다.

　피에 젖은 옷자락이 바닷바람에 흩날렸다. 연희는 수영할 줄 모른다. 바다에 들어가면 바로 죽어버리고 말 것이다. 애달픈 눈으로 배 밖으로 떨어지는 연희를 바라보고 또 바라봤으나 짙푸른 바다 아래로 하얀 포말을 거칠게 일으키며 가라앉는 게 마지막이었다.

　말을 하고 싶어도 나오지 않았다. 목구멍에 투명한 막이 생긴 것처럼 아무것도 삼킬 수 없었다. 어딘가 망가진 것 같았다. 전에는 얻어맞으면 고통을 참기 위해 안간힘을 써야 했지만, 이제 아무것도 느껴지지 않았다. 몸 전체가 하얗게 변한 채 딱딱하게 굳은 산호가 된 것 같았다.

아무 소리도 내지 않고 어떤 반응도 하지 않고 천천히 죽어가고 있었다. 배 인간들은 시체 같은 나를 버리기 위해 내 멱살을 잡고 질질 끌어 난간 앞에 내려놨다. 커다란 소용돌이가 생기려는지 파도가 거칠게 일어나고 있었다. 그 모습이 마치 너울거리는 연희의 치맛자락 같아서 눈을 감고 말았다.

"독한 년. 그토록 가고 싶어 하던 바다로 보내주마. 마지막으로 친구들이 보고 싶다고 우는 것도 괜찮고."

당신들도 편히 죽지 못할 거라고 저주할까. 그 욕심이 스스로의 목을 조를 거라고 비웃을까. 그러나 연희의 마지막 모습이 잊히지 않는다. 원망도 미움도 없이, 같이 도망쳐 돌고래를 보러 가자고 했을 때처럼 환하게 웃는 얼굴이 눈을 감아도 생생했다. 그래서 나도 연희처럼 웃기로 했다.

숨을 크게 들이마셨다. 햇볕에 달궈진 따뜻한 공기와 짭조름한 바다 내음, 비릿한 쇠 냄새가 뒤섞여 내몸 안을 채웠다. 저 멀리까지, 저 깊은 곳까지 들리도록 크고 길게 소리를 냈다.

내 가족들 안녕, 내 친구들 안녕. 사랑해. 나는 바다
가 되어 곁에 있을게. 그러니까 날 구하려 애쓰지 마.
안녕, 안녕.

친구들이 내가 낸 소리를 듣고 처음에는 배 가까이 모이려다가 구해달라는 게 아니라 작별 인사를 건네는 걸 알고는 슬프게 울면서 바닷속으로 들어갔다. 그걸 본 인간은 욕을 하며 곧바로 나를 바다로 집어 던졌다.

너무 많이 맞은 데다가 먹은 게 없어서 전혀 움직일 수가 없었다. 죽는 게 무섭거나 슬프지는 않았다. 바다에서 태어나 바다로 돌아가는 것뿐이었다. 자연은 돌고 도는 거니까.

점점 멀어지는 배 주변으로 물살이 소용돌이치는 게 보였다. 지느러미를 잃고 바닷속에 던져진 상어들이 불투명하게 빛나는 지느러미를 달고, 여기저기 상처가 났던 돌고래들이 은은하게 반짝이는 붕대를 감은 채 배를 중심으로 빙글빙글 돌며 소용돌이를 만들고 있었다. 상어와 돌고래가 움직일 때마다 빛 가루가 별처럼 바다에 쏟아졌다.

돌고래들이 부르는 노래와 저 멀리서 들리는 고래의 소리가 뒤섞였다. 내가 사랑한다고 노래한 것을 듣고 부르는 답가였다.

사랑해 파랑아. 사랑한단다 아가야.

원래는 인간들을 잘 피해 다녔는데 다들 나 때문에 가족과 친구를 잃었다. 그런데도 여전히 나를 사랑한다는 그들의 노래를 들으니 아주 미안하고, 그보다 더 많이 고맙고 행복했다.

바다 아래로 가라앉을수록 점점 어두워졌는데, 나를 따라 천천히 내려오는 빛 가루 덕분에 어둡지도 외롭지도 않았다.

소용돌이를 만들던 무리 중 상어와 돌고래가 나를 향해 헤엄쳐 왔다. 가까이 와서야 요미와 쏘이라는 걸 알았다. 둘은 평소처럼 쓰다듬어달라는 듯 내 손과 옆구리를 툭툭 쳤다. 나는 웃으면서 오른손으로는 요미를, 왼손으로는 쏘이를 쓰다듬어주었다.

그러는 동안 요미와 쏘이에게서 흘러나온 빛들이 나를 감싸 안았다. 이마부터 머리까지 다정하게 쓰다듬는 손길이 느껴졌다. 연희야, 너야? 연희가 웃는 것처럼 물방울이 보글거리는 소리가 났다.

누군지 확인하고 싶은데 너무 졸려서 도저히 눈을 뜰 수가 없었다. 파라다이스가 걱정이나 근심 없이 행복한 곳이라고 했는데, 이제 진짜 파라다이스로 돌아왔으니 푹 자야지. 아주 푹……

꽃밭 옆에 누워 반구 모양의 돔을 바라봤다. 돔은 멀리 있었고 안에서는 작고 희미한 빛이 흘러나왔다. 엄마가 예전에 영상으로 보여준 스노볼 같았다. 스노볼을 거꾸로 들어 흔들었다가 똑바로 내려놓으면 하얀 눈이나 반짝거리는 조각들이 하늘하늘 떨어졌는데, 그 모습이 아주 예뻤다. 그렇지만 그게 다였다.

스노볼을 처음 봤을 때 엄마에게 먹을 수 있는 거냐고 묻자 아니라고 했다. 사냥할 때 쓰는 거냐고 묻자 그것도 아니라고 했다. 장식품. 그냥 눈으로 보고 즐기는 물건이라고 했다. 마음을 평온하게 해주는 것, 귀엽고 사랑스러운 것, 예쁜 것. 땅이 물에 잠기기 전에는 저렇게 예쁜 것들이 산처럼 쌓여 있어서, 원한다면 그

중 많은 것을 골라 가질 수 있었다고 했다.

엄마는 영상 속의 세계를 좋아하는 것 같았지만, 나는 무서웠다. 저런 쓸모없는 것들이 세상에 너무 많아서 모든 땅이 물에 잠긴 걸 텐데.

노래를 흥얼거리자 어디선가 돌고래의 노랫소리가 들렸다. 누가 더 잘 부르나 경쟁하지 않고, 서로의 노래가 더 아름다워지도록 함께 불렀다. 우리는 서로의 얼굴을 알지는 못해도 노래를 통해 즐겁게 노는 친구였다.

일부러 만들지 않아도 이렇게 아름다운 것들은 많았다. 물고기 떼가 움직이는 모습이 아름다웠고, 형형색색의 산호와 말미잘, 물살 따라 흐느적거리는 해초는 사랑스러웠다. 그 사이를 헤엄치는 작은 물고기들과 그보다 더 작은 새우나 게도 귀여웠다. 나보다 커다란 고래나 지느러미를 펄럭이며 헤엄치는 물고기는 멋있었고 하물며 돔 벽에 붙은 빛나는 식물마저 아름다웠다.

내가 손짓으로 물살을 만들면 식물 줄기가 너울너

울하는 모습이 영상에서 본 새 같기도 했고, 예쁜 옷을 입고 춤추는 무용수 같기도 했다. 엄마한테 이야기하니까 그게 뭔지 묻지도 않고 돔에 붙은 건 빨리 없애야 한다고 해서, 다치지 않도록 살살 떼어 바닥에 심어줬다.

생명력이 강한지 하나를 심었는데 주변으로 조금씩 불어났다. 그러다 보니 어느새 지금 내가 누워 있는 꽃밭이 됐다. 마리아 언니가 오면 이 식물을 먹을 수 있냐고 물어봐야 하는데, 언니는 언제 오지?

돔 밖에는 이렇게 아름답고 활기 넘치는 생명이 많았다. 아직 어려서 돔 주변만 돌아다닐 수 있지만, 그래도 돔 안에 있는 사람들보다 자유로웠다. 얼른 커서 더 멀리 나가고 싶었다.

두꺼운 벽 너머에 있는 거대한 공장에서는 배양육과 각종 비타민이 든 영양제를 만들었다. 연구소에서는 해초의 유전자 조작을 실험하거나, 여러 사람이 먹을 식량을 만들기 위해 식물을 빨리 성장시키는 법을 연구했다. 그리고 그것을 바탕으로 인간 또한 빨리 성장할 수 있도록 연구한다고 했다.

학교에서는 살아가는 데 필요한 것들을 가르치고 있을 것이다. 이를테면, 자원을 어떻게 재활용하는가, 배고픔은 어떻게 참는가, 신체는 어떻게 변하는가, 무엇을 조심해야 하는가, 우리는 왜 돔에 살게 되었는가 등을. 그리고 적성검사 후에는 각자의 적성에 맞추어 잠수정을 조립하고 업그레이드하는 방법, 공장의 기계를 수리하는 방법, 프로그램을 짜고 수정하는 방법, 상처와 질병을 치료하는 방법, 식량을 더 효율적으로 만드는 방법 등을 배운다고 들었다.

학교는 보통 다섯 살부터 열 살까지 다니고, 열한 살부터는 식량 공장이나 전기 공장에서 일하며, 기술을 더 배운 사람들은 연구소에서 어려운 일을 한다고 했다.

나는 여섯 살이 되었지만, 학교에 가지 않는다. 돔 안의 평범한 사람들과 달리 물속에서 마음껏 숨 쉬고 헤엄칠 수 있는 신인류 수인(水人)이자, 해저도시의 예비 배달부니까.

혹시라도 물살에 어딘가로 떠밀려 갈까 봐 바위틈에 팔을 집어넣고 잠을 자고 있었다. 그러다가 누군가 내 어깨를 흔들어서 눈을 떠보니 마리아 언니가 눈앞에 있었다.

"마리아 언니! 지금 온 거야? 괜찮아?"

"이번에 배달한 도시가 너무 멀긴 했지만 괜찮아. 보름이는 잘 있었어? 근데 못 본 사이에 더 큰 것 같네?"

"진짜? 헤헤, 나 잘 먹고 잘 잤거든! 그리고 내가 돔 벽에 난 식물을 바닥에 심었는데 이렇게나 잘 자랐어!"

"우와, 대단하네. 이것까지 돔에 배달하고 올 테니까 그 후에 구경시켜줘."

마리아 언니 뒤에는 언니 몸이 들어갈 만큼 커다란 보따리 세 개가 있었다. 우리 돔은 아주 어린 인간을 배양하고 양육하는 곳이라 다른 돔에 어린 인간을 예비 노동력으로 제공하고 필요한 물품을 받아 오고 있었다.

이번에 가져온 건 식량이었다. 아주 어린 인간은 먹는 것도 조심해야 해서 아주 어린 인간만을 위한 식량

생산 라인을 따로 만들어야 했는데, 그러다 보니 나이
든 인간들을 위한 식량이 부족해질 때가 있었다.

그럴 때면 어김없이 마리아 언니가 엄청 멀리 떨어
진 돔으로 배달을 가야 했다. 예전에는 근처에 있는 돔
에서도 인력과 물자를 교환했다는데, 시간이 지날수
록 근처 돔들은 다 자기들이 먹기에도 부족한 양밖에
식량을 생산하지 못했기 때문이었다. 식량이 부족해
망해버린 도시도 있다고 했다.

인구가 늘어나면 그에 따른 식량 소비가 늘어나기
때문에 우리 돔에서도 태어날 인간의 수를 줄여야 한
다고 말하는 사람도 있었다. 그러나 예비 배달부가 될
수 있는 수인이 태어날 가능성 때문에 그럴 수도 없었
다. 아주 어린 인간이 수인인지 확인하고, 보통 인간이
면 폐기한다는 소문도 돌았다. 점점 살기가 어려워져
각박해지고 있었다.

"같이 가자. 내가 도와줄게!"

"음…… 그래."

보따리 하나를 넘겨받아 끈을 잡고 마리아 언니 뒤

를 따라 슬슬 헤엄쳤다. 돔 한가운데에는 엘리베이터
가 있는데 꼭대기부터 바닥까지 이어져 있다. 엘리베
이터가 돔 중심에 있기 때문에 그 근처에 살수록 식량
을 배달해 온 것도 제일 먼저 알 수 있었고, 혹시 무슨
일이 있을 때 가장 빨리 탈출할 수 있었다. 그래서 중
요한 사람일수록 돔 중심과 가까이 산다고 했다.

우리가 문 바깥에서 신호를 보내자 엘리베이터 문
이 열렸다. 짐과 함께 안으로 들어가자 문이 닫혔다.
함께 들어온 바닷물이 서서히 빠지며 보따리가 바닥
에 닿았다. 보따리는 물속에서 쉽게 이동할 수 있게
살짝 뜨는 재질로 만든 거라고 했는데, 물이 빠지니까
무게가 고스란히 느껴졌다.

보따리만 무거운 게 아니었다. 내 몸도 무겁게 느껴
졌다. 보이지 않는 끈이 팔다리를 칭칭 감아서 자꾸만
아래로 끌어당기는 느낌이었다. 피부에 달라붙는 공기
도 눅눅하고 탁했다. 물속으로 얼른 돌아가고 싶었다.

보따리 하나는 내가 들려고 했지만 물 밖에서는 너
무 무거워서 보따리 끝을 얼른 마리아 언니한테 넘겨

주었다. 언니 옆에 달라붙자 언니가 보송보송한 내 머리카락을 쓰다듬어주었다.

"무겁지? 너는 더 커야 해."

"인간들은 나보고 다 큰 거 아니냐고 하던데?"

"물속에서 살지 못하는 인간들 말은 들을 필요 없어."

마리아 언니가 손가락으로 내 코를 살짝 튕겼다. 그렇지만 우리 엄마는 인간인데…… . 언니네 엄마도 인간이고. 내가 우물쭈물하고 있으니 마리아 언니가 내 손을 잡았다. 어느새 물이 다 빠져서 엘리베이터가 천천히 아래로 내려가고 있었다.

엘리베이터가 돔 바닥에 닿자 문이 열렸고, 머리카락이 희끗희끗한 시장이 그 앞에 서 있었다.

"마리아 씨, 드디어 왔군요. 그런데 왜 보따리가 세 개뿐이죠?"

"오다가 소용돌이를 만나 두 개를 잃었습니다."

그러자 시장의 표정이 서늘해졌다. 무서워서 마리아 언니 뒤로 살짝 물러나자, 언니가 겁먹지 말라는 듯 손에 힘을 살짝 줬다.

"마리아 씨. 정말 소용돌이를 만나 잃은 게 맞습니까? 다른 돔에 넘기거나 버린 게 아니라?"

"그런 의심을 받다니 불쾌하네요. 요즘 불특정 구간에서 갑자기 소용돌이가 발생하는 일이 점점 잦아진다고 말했을 텐데요? 절 믿을 수 없다면 다른 배달부를 보내시든가요."

그러나 이 근처에 있는 돔들은 일할 사람이 충분했기 때문에, 어린 인간과 식량을 교환할 수 있는 돔은 정말 멀었다. 숙련된 배달부인 마리아 언니니까 보따리를 세 개나 들고 왔지, 다른 배달부였으면 소용돌이를 만나 모두 다 잃었을지도 모른다. 그걸 알면서도 왜 저렇게 말하는 걸까.

딱딱하게 굳은 얼굴이 무서우면서도 마리아 언니를 몰아세우는 태도가 신기해서 시장을 멀뚱멀뚱 바라보자, 시장이 애써 웃으면서 나를 향해 말했다.

"보름아, 언니를 도와 보따리를 들고 왔구나. 너도 일하고 싶지?"

"시장. 보름이는 아직 어리다고 했을 텐데요."

내가 입술을 떼기도 전에 마리아 언니가 단호하게 말했다. 시장은 만날 때마다 내게 도와줘서 고맙다, 착하다, 더 멀리 나가보고 싶지 않느냐, 다른 배달부 언니 오빠들을 따라가보고 싶지 않느냐는 식의 말을 했었다. 그런 얘기를 들으면 반드시 거절해야 한다고 마리아 언니가 그동안 누누이 당부해서 고개만 도리도리 젓고 재빨리 도망쳤는데, 마리아 언니 앞에서 이렇게 대놓고 또 물어볼 줄은 몰랐다. 몇 번이나 싫다고 말했는데 도대체 왜 계속 묻는 거지?

"어려도 수인은 수인이지 않습니까. 사람들이 굶어 죽어가고 있습니다……. 배달부들이 고생해서 다른 돔과 물물교환을 하고, 물고기를 사냥하고, 해초를 뜯어 오는 걸 알고 있습니다.

그렇지만 바다에서 나는 것들을 정화하는 게 점점 더 버겁습니다. 식량을 얻을 새로운 방법을 연구하는 동안만이라도 다른 돔에서 식량을 더 많이 구해 와야 한다고요."

나는 주로 바다에 있어서 몰랐는데 돔 안의 사정이

많이 안 좋은 것 같았다. 내가 말 한마디 없이 고개만 젓고 가버려서 이렇게 붙잡고 말하는 걸까? 돔 밖을, 바다를 자유롭게 헤엄쳐 다닐 수 있는 건 수인뿐이었다. 내가 할 수 있는 일이고, 어차피 해야 하는 일이니까 일찍 시작하는 게 나을까⋯⋯. 그러나 마리아 언니는 내 고민을 단번에 날려버리듯 칼같이 말했다.

"배달부들이 목숨을 걸고 열심히 일하고 있는데도 부족한가요? 원래대로라면 보름이는 학교에 있어야 할 나이예요. 학교에 다니는 어린 인간들을 공장에 보내 식량을 생산하라고 하던가요. 가자, 보름아."

마리아 언니는 보따리와 연결된 끈을 내팽개치더니 내 손을 강하고 단단하게 붙잡고 시장을 지나쳐 성큼성큼 걸었다. 나는 가는 동안 뒤를 돌아봤다. 시장은 내가 돌아보기를 기다렸다는 듯 바로 서글픈 표정을 지었다. 이미 마리아 언니를 무섭게 쩨려보던 거 다 봤는데. 흥이다, 흥!

우리는 엘리베이터에서 가장 가까운 곳에 있는 아파트로 향했다. 사람들이 외곽에 있는 공장에 출근했는지 집들이 다 깜깜했다. 우리 집도 아직 배달부들이 돌아오지 않아 불 켜진 방이 없었다. 배달부들은 노하우 전수나 정보 교류를 위해 한 건물에 거주하고 있었다.

예비 배달부인 나도 여기에 살았다. 엄마랑 같이 살고 싶었지만, 어차피 엄마는 연구로 바빠서 집에 제때 들어오지 않았고 나도 돔 안보다 물속에 있는 걸 더 좋아해서 배달부의 집을 우리 집으로 정했다.

집으로 들어가자마자 마리아 언니가 거실 바닥에 누웠다. 내가 얼른 옆에 눕자 언니가 두 팔로 나를 안고 토닥토닥해주었다. 마리아 언니는 키가 클 뿐 아니라 체격도 좋고 근육이 많아서 팔을 베고 누우면 딱딱했지만, 그래도 따뜻하고 다정한 사람이라 이렇게 하고 있으면 잠이 솔솔 왔다. 내가 눈을 천천히 감았다 뜨는데 마리아 언니가 말했다.

"보름이는…… 학교 가고 싶지 않아? 또래 친구들도 만나고 공부도 하고."

"아니. 학교에 다니면 바다에 못 나가잖아. 나는 바다가 더 좋아. 그리고 나 친구 있어! 내가 노래 부르면

같이 불러준단 말이야!"

언니 옆구리에 착 붙은 채 얼굴을 번쩍 들고 말하자 언니가 웃으며 내 머리를 쓰다듬었다.

"얼굴도 모르는 돌고래 친구? 걔도 너무하네. 근처로 와서 같이 좀 놀지."

"걔도 어려서 엄마가 멀리 못 가게 하나 보지! 어차피 내 또래라고 해도 내가 걔들보다 훨씬 크니까 나랑 안 놀아준단 말이야. 나도 그래서 안 놀아. 바다에서 헤엄치고 모래 장난하고 산호 보는 게 훨씬 좋아."

"그래……."

원래 수인은 성장이 빠르지만 나는 수인 중에서도 유별나게 성장이 빨라 여섯 살이어도 열세 살쯤으로 보인다고 했다. 열세 살인 인간들은 다 공장이나 연구소에서 일하고 있을 것이다. 그래서 시장이 나만 보면 일하고 싶지 않느냐고 하는 걸까?

아무리 수인이라도 학교에 들어가 기초적인 걸 배우는 게 보통인데, 사람들은 내가 학교에 들어가지 않고 얼른 배달부 일을 하길 원했다. 하지만 마리아 언니를 비롯한 다른 배달부 언니 오빠들은 내가 어리다며 일을 가르쳐주지 않겠다고 했다. 그래서 언니 오빠들이 돌아오기를 기다리며 돔 근처에서 자유롭게 놀거나 돔 외곽에 붙은 이끼를 떼는 정도의 일만 하게 되었다.

"어, 보름이다! 보름아, 보고 싶었어!"

"메이린 언니다! 와와!"

벌떡 일어나서 메이린 언니에게 달려가자 언니가 나를 안아 들고 빙글빙글 돌리더니 꽉 끌어안았다. 나도 메이린 언니의 목을 감싸 안고 꽉꽉 안았다. 메이린 언니가 나를 터질 듯이 안아주면 사랑이 가득 차다 못해 흘러넘치는 느낌이라 좋았다.

"너희도 방금 왔지? 시장 얼굴이 아주 썩었던데? 시장이 보름이한테 또 뭐라고 했어?"

"응. 자꾸 나한테 일하지 않겠냐고 물어봐. 노는 게 제일 좋은데!"

"맞아. 자기도 일하기 싫을 텐데 귀엽고 사랑스러운 우리 보름이한테 왜 그러는 거야 정말! 참, 이거 받아."

메이린 언니가 허리에 매달린 주머니를 건네주었다.

열어보니 갈색의 무언가가 보였다. 손가락으로 집어 들자 손가락 한 마디 정도 되는 줄기에, 길쭉하고 통통한 이파리들이 잔뜩 달려 있었다.

"먹어보니 맛있어서 보름이 주려고 가져왔지!"

"검사했어? 괜찮은 거 맞아?"

마리아 언니가 뺏기 전에 메이린 언니가 재빨리 손을 뒤로 뺐다.

"내 몸으로 검사했어. 아무 이상 없다고. 목구멍이 짜릿하지도, 몸이 간지럽지도 않아. 자, 봐, 입에 넣었어! 먹고 있어!"

메이린 언니가 한 줄기 들어서 입에 넣더니 이가 보이도록 입을 벌린 후 천천히 씹었다. 마리아 언니가 더럽다며 인상을 찌푸리고 고개를 돌리자, 친절하게 다시 얼굴을 옆으로 들이밀며 먹는 모습을 보여줬다.

"알았어, 알았다고! 더러워 진짜. 보름아 넌 저러면 안 돼. 저렇게 먹는 건 예의 없는 거야. 알았지?"

"응, 알았어!"

"보름이, 너무해! 마리아만 좋아하고!"

나는 대답 대신에 주머니 안에서 한 줄기를 꺼내 바
로 입에 집어넣고 꼭꼭 씹었다. 통통한 이파리를 씹을
때마다 청량한 즙이 톡톡 튀어나왔다. 아그작아그작.
씹는 식감이 재밌고 약간 짭짤해서 맛있었다.

"맛있어! 메이린 언니 최고!"

바다가 오염되어서 바다에 사는 생물 대부분이 독
을 가지고 있었다. 돔 근처에서 자라는 해초 중 먹을
수 있는 건 대부분 뜯어 먹었기 때문에, 먹을 수 있는
물고기 떼가 몰려오지 않는 이상 공장에서 만든 것만
먹어야 했다. 식량 문제가 좀처럼 해결되지 않자 인간
의 유전자를 조작하여 덜 먹어도 되는 인간을 만드는
게 더 빠를 거라는 말도 나왔다.

배달부들은 바다에서 숨을 쉴 수 있게 태어났기 때
문인지, 독이 든 해초를 먹어도 대부분 안전했다. 입
안이 화해지거나 혀가 짜릿짜릿한 게 별미라고 좋아
하는 배달부도 있었다. 그중 하나가 메이린 언니였다.
내가 배달부의 집에서 살게 된 다음 마리아 언니가
집에 있는 수상한 먹을 것들은 다 치웠다고 했지만

말이다.

"마리아, 너도 먹어봐. 보름이도 먹는데 네가 못 먹는다고 하는 건 아니겠지?"

"먹는다, 먹어."

마리아 언니는 손톱으로 줄기를 아주 조금 잘라 입에 넣고 씹었다. 생각보다 맛있는지 이번에는 줄기 하나를 통으로 꺼내 입에 물고 조금씩 씹었다. 우리는 주머니를 가운데에 두고 사이좋게 해초를 나눠 먹기 시작했다.

"이건 어디서 자라? 많아? 재배할 수도 있을까?"

"비오타 절벽 근처야. 저번 폭풍 때 씨앗이 퍼진 것 같아. 엄청 많은 걸 보면 재배할 수도 있겠던데?"

"그쪽에 영양분이 풍부한가……. 조금 더 자라면 수확해서 가져오자."

"가져오긴 뭘 가져와. 사람들은 고마운 줄도 모를 텐데."

"그래도 우린 배달부잖아. 그치 보름아?"

"응! 우린 배달부야!"

메이린 언니는 무슨 말을 하려다가 나를 보고 입을 다물었다. 줄기를 먹다가 고개를 갸웃하자 마리아 언니가 내 머리를 쓱쓱 쓰다듬었다. 나는 웃으면서 마리아 언니 다리 사이에 앉았다. 그러자 마리아 언니가 내 몸을 살짝 잡아당겨 자신의 몸에 기대게 했다. 마리아 언니의 토닥임을 받고 언니의 심장 소리를 들으며 체온을 느끼다 보니 잠이 절로 왔다.

"보름이가 바다를 좋아해서 다행이야. 오늘도 돔 밖에서 보름이랑 마주쳐서 같이 들어왔다니까."

"무섭지도 않을까……. 신기한 아이야."

"보름이 이후로 새로 태어난 배달부도 없어. 시장은 식량 때문에 어린 인간이 제대로 자라기도 전에 다른 도시로 보내고 싶어 해. 그런데 도시마다 식량 때문에 난리인데 어린 인간이 다 자랄 때까지 누가 키우려고 하겠냐고.

내가 다녀온 도시들은 더 이상 어린 인간을 데려오지 말래. 데려올 거면 확실히 학교를 졸업한 기술자만 데려오라는데, 말이 되는 소리를 해야지."

"내가 지나온 도시 중에는 마지막 배달부가 돌아오지 않자 아예 인간 배양은 포기하고 식량 생산만 하는 곳도 있었어. 희박한 확률로 수인이 태어나길 바라느니 안정될 때까지 인구를 조절하겠다더라. 차라리 그게 나을 수도 있어."

"나중에…… 무슨 일이 생기거든 보름이는 우리를 따라오겠지?"

"자기 엄마보다 너를 더 좋아하니까 따라올 거야."

우리 어디 가? 다 같이 놀러 가는 거야? 어디로? 물어봐야 하는데 눈꺼풀이 너무 무겁고 입술이 떨어지지 않았다. 나는 말한 것 같은데, 혀를 움직인 것 같은데, 이상하다…….

마리아 언니와 메이린 언니는 당분간 일을 쉬기로 했다. 시장은 언니들이 빨리 다른 도시로 배달을 가거나 아니면 돔 밖에 나가 해초나 물고기 등 먹을 것을 많이 구해 오길 바랐지만, 언니들은 우연히 발견하면 모를까 식량을 찾기 위해 정처없이 떠돌 수는 없다며 단호하게 거절했다.

혼자서 바닷속을 헤엄치며 먼 길을 떠나는 건 무척이나 힘든 일이었다. 돔 주변을 돌아다니기만 하는 나도 힘들어서 바위나 바닥에서 쉴 때가 많은데 제대로 보이지도 않는 낯선 곳까지 가려면 얼마나 힘들까. 나침반이 있다고 하지만 모든 배달부가 가질 수 있는 물건은 아니었다. 그래서 배달부로 일하기 위해선 나침반 없이 방향을 잡고 지형을 익히는 법을 꼭 배워야 했다.

물속에 폭풍이 불면 알고 있던 지형이 바뀔 수도 있어서 거센 물살에도 날아가지 않는 바위나 절벽 위주로 기억해야 하지만, 강력한 폭풍이면 그 또한 부서지고 무너질 때가 있어 주의해야 했다. 비오타 절벽도 바다 폭풍 때문에 바위가 쪼개져 예전과 다른 모습이 됐다고 했다.

폭풍은 그 자체로 무서운 자연재해일 뿐 아니라, 한곳에 모여 살던 생명들이 이리저리 흩어져 멀리 퍼지도록 하기도 했다.

그렇게 옮겨 온 존재들이 돔 벽에 달라붙어 뿌리를 내리고 자라면 돔이 망가질 수도 있어 꼼꼼하게 봐야 했다. 배달 일을 쉬고 있는 배달부라도, 돔 벽을 둘러보며 점검하는 일은 필수였다.

우리는 시장의 매서운 눈초리를 마주하며 돔 밖으로 나갔다. 빠르게 둘러보기 위해 흩어져서 맡은 구역을 살핀 후 빨간 산호가 자라는 곳에서 만나기로 했다.

"우리 누가 제일 먼저 끝내나 시합할까?"

"언니, 이건 빨리가 아니라 꼼꼼하게 봐야 하는 일이야!"

"보름이가 메이린보다 낫네. 들었지? 꼼꼼하게 보고 와."

"쳇, 알았어."

메이린 언니는 투덜거렸지만, 그래도 웃으면서 나를 꼭 안아주고 맡은 방향으로 향했다. 마리아 언니도 내 머리를 쓰다듬고는 등을 살며시 밀어주었다. 나는 언니가 밀어주는 힘을 받아 아래로 내려가기 시작했다.

아래에서 위로, 위에서 아래로 헤엄치면서 돔 벽에

붙은 게 없나 확인했다. 어딘가에서 떠밀려 온 해초를 야금야금 먹으면서 확인하니 어느새 내가 맡은 구역을 다 끝냈다. 빨간 산호가 있는 곳에 이르자 돔 안의 식량 공장이 바로 보였다. 식량 공장 정문이 보이는 곳에 선 다음 일직선으로 헤엄치자 언니들이 앉아서 두런두런 이야기하고 있는 모습이 보였다.

"보름이 왔어? 전보다 빨라졌네!"

"헤헤, 나도 많이 늘었지? 언니들 없는 사이에 열심히 연습했거든."

"대단한데? 또 뭐 했어?"

나는 언니들이 없는 동안 무슨 일이 있었는지 재잘거렸다. 마크 오빠가 잠든 사이에 식량이 떠내려가서 빈손으로 돌아왔다고 했을 때는 메이린 언니가 욕을 해서 마리아 언니한테 혼났고, 아리엘 언니가 돌아오지 않아 시장이 나에게 몇 번이나 아리엘 언니를 보면 꼭 말하라고 했다고 얘기했을 때는 언니들 표정이 어두워졌다.

"다른 돔에서 쉬고 있는 거면 좋겠는데……."

아리엘 언니가 두 언니에게 말도 하지 않고 다른 도시로 가버렸을 리는 없었다. 혹시 다쳤다면 다른 도시에 도착해 치료 중이길 바랐다. 그러다가 다 나아서도, 그 도시에 정착해 배달부로 산다고 해도 괜찮았다. 살아 있기만 하면 언젠가 소식이 닿을 수 있으니까. 그만큼 배달부는 어렵고 무서운 일이었다.

수인을 신인류라 하며 떠받드는 사람도 있었지만, 유전자가 변형된 사람일 뿐이라며 '배달부'라는 직업으로 부르는 사람들이 대부분이었다. 그런데 배달 일을 왜 안 하냐, 직무 유기다, 그렇게 태어났으면 축복인 줄 알고 사람들을 도와야 하지 않느냐 하는 원성이 점점 늘어났다.

언니한테 말하지 않았지만, 시장 말고도 돔 안에 있는 사람들이 나에게 배달 일을 언제 시작할 거냐고 묻는 일이 늘어났다. 어릴 때부터 경험을 쌓아야 베테랑이 되는 거 아니겠느냐, 내가 또래보다 유난히 큰 게 다 이유가 있어서 그런 거라는 말도 들었다. 돔에 있는 식량을 축내기만 한다며 나를 미워하는 사람들이 점점 많아지는 것 같았다.

그래서 혹시 모를 위험을 각오한 채 돔 밖에서 먹고 자며 생활하는 것이었다. 사람들은 내가 돔 밖에 있으면 배달부 일을 준비하는 줄 알고 좋아했다. 엄마를 보러 돔 안으로 들어가면 먹을 것을 가져왔느냐고 묻고, 아무것도 없다고 하면 나 혼자 잘 먹고 돌아다닌다고 욕하기도 했다.

사람들은 배달 일이 목숨까지 걸어야 할 만큼 위험하다는 걸 알까? 돌아오지 않으면 살았는지 죽었는지도 알 수 없고, 혹시 죽었다면 언제 어디서 죽었는지도 모른다. 돔 안에서는 누가 죽으면 화장을 해 바다에 흘려보내며 슬퍼할 시간을 갖는데도.

갈수록 바다의 생명력이 줄어드는 것 같았다. 폭풍이 몰아치면 생명이 여기저기 퍼져나가기도 하지만 물살에 휘말려서 죽는 생명이 더 많을 때도 있었다. 요즘에는 뿌리를 내리고 자라나는 것보다 죽는 게 더 많은 듯했다. 이런 위험을 헤쳐나가며 우리는 잘 살아남아야 했다.

언니들은 배달 일을 마치고 돔으로 돌아오면 나에게 배달하는 법을 알려주었다. 가장 기본적인 기술들, 예를 들면 방향을 찾는 법, 지형을 익히는 법부터 헤엄치기 쉬운 물살을 찾는 법, 인간을 배달할 때 그들에게 꼭 필요한 산소 방울을 만드는 법, 돌고래와 인사하는 법, 먹을 수 있는 해초를 구분하는 법 등을.

언니들은 약한 독이 있는 해초도 나에게 조금씩 먹여주었다. 그런 상황이 없는 게 제일 좋겠지만, 먹을 게 독초밖에 없을 때나, 포식자가 나타나 독초 사이에 오래 숨어 있어야 할 때 살아남을 수 있도록 말이다.

우리는 돔 근처에 있는 독초들을 연습 삼아 간식처럼 먹었다. 메이린 언니는 뜯어 먹던 빨간 해초와 새로 뜯은 것을 내게 보여줬다.

"뭐가 다른지 알겠어?"

내가 고개를 젓자 먹던 해초의 줄기 아래쪽을 손가락으로 가리켰다. 뿌리 쪽의 색이 아주 조금 더 짙은 빨강이었다.

"같은 독초라도 유난히 독이 더 강한 게 있으니까 조심해야 해. 이런 건 우리도 먹고 아플 수가 있어."

그러고서는 더 빨간 해초를 아주 조금 잘라내 내 입에 넣어주었다. 꼭꼭 씹으니 목구멍이 따가워졌다. 꿀꺽 삼키자 목구멍이 따끔따끔하면서 해초가 식도를 타고 내려가는 느낌이 들었다. 메이린 언니는 해독 성분이 있는 해초를 꺼내 든 채 내 얼굴을 지켜봤고, 마리아 언니는 내 팔을 매만지며 발진이나 가려움이 없는지 유심히 살폈다.

"괜찮아. 안 간지러워!"

"다행이다. 그래도 나중에 증상이 있으면 바로 말해."

"그럼 에트왈이 있는 방향으로 가볼까?"

"가자!"

에트왈은 메이린 언니가 자주 가는 해저도시였다. 마리아 언니의 보호 아래 내가 제일 앞에서 나아갔다. 처음에만 마리아 언니가 방향을 잡아줬고, 그 이후에는 내가 스스로 방향을 정해 헤엄쳤다. 언니들은 내가 정해진 길에서 조금 벗어났을 때는 아무 말 하지 않다가, 방향을 크게 벗어나면 다시 길을 찾아줬다.

바다는 고요해 보이지만 해류가 끊임없이 흐르고 있었다. 우리의 목적지 쪽으로 흐르는 해류를 발견하면 타고 헤엄쳤다가, 가야 하는 방향과 달라지기 전에 내리는 감각을 키우는 것이 중요한 일이었다. 제대로 잘 타면 헤엄치는 힘도 아끼고, 이동 시간도 줄일 수 있기 때문에 좋은 배달부라면 해류를 볼 줄 알아야 했다.

가는 도중에 아주 작은 소용돌이를 발견했다. 거리가 멀어 잘 보이지는 않았지만, 물살이 한곳으로 흐르고 있어 알 수 있었다. 이렇듯 눈에 쉽게 띄지 않는 위험을 감지하고 피하는 것도 중요했다. 우리는 헤엄을 멈추고 빠르게 회전하는 물살에서 멀어졌다.

"폭풍의 씨앗일까?"

"글쎄. 저러다 사라질 수도 있겠지만……."

마리아 언니는 폭풍의 씨앗으로 예상되는 지점과 우리 돔 사이의 거리, 이동 방향과 속도를 가늠해보는 것 같았다. 손을 내밀어 물살을 느끼기도 하고, 고개를 이리저리 돌리며 주변을 파악했다.

"잠시 여기 있어. 둘러보고 올게."

"왜? 위험하니까 가지 마!"

"보름아, 언니 다녀올 테니까 메이린한테 꼭 붙어 있어. 메이린, 보름이 잘 봐."

내가 말렸는데도 마리아 언니는 훌쩍 저 앞으로 나아가더니 금세 물살을 타고 헤엄쳤다. 폭풍의 씨앗 근처까지 갈 생각인 것 같았다. 메이린 언니는 별말 없이 나를 붙잡고 커다란 바위들 사이로 들어갔다.

"마리아 언니 괜찮을까?"

"물론. 우리 도시에서 배달을 제일 잘하는 사람이잖아. 믿고 기다리자."

나는 메이린 언니의 가슴팍에 귀를 댄 채 언니를 꽉 끌어안았다. 물살이 점점 거칠어지는 게 피부로 느껴지고, 머리카락이 쭈뼛 섰다. 불안함을 애써 가라앉히기 위해 낮고 느리게 둥, 둥, 둥 울리는 언니의 심장박동에만 집중했다. 메이린 언니도 내 얼굴과 몸통을 끌어안은 채 등을 토닥거렸다. 파르르 떨리는 언니의 손을 모르는 척했다. 언니가 내 몸이 굳은 걸 보고도 아무 말 안 하는 것처럼. 우리는 바위틈에서 상대방을 닻 삼아 서로를 끌어안고 몸을 웅크렸다.

"괜찮아? 어디 다친 곳은 없어?"
"이 정도로 다치면 안 되지."
"재수 없긴……. 폭풍의 씨앗은 맞아?"
일정하게 울리는 박동 소리와 다정히 토닥거리는 손길에 깜박 잠이 든 것 같았다. 희미하게 들리는 언니들의 목소리에 서서히 정신이 들었다. 그러나 나를 다정히 안아주는 메이린 언니의 품이 좋아서 계속 눈을 감고 자는 척했다.

"폭풍의 씨앗은 아닌 것 같은데, 물살이 심상치가 않아."
"당분간 돔에만 있어야 할 정도야?"
"그게 나을 것 같아. 보름이는 자?"
"잘 자. 이런 거친 물살에도 어찌나 잘 자는지, 아기야 아기. 이렇게 잠을 잘 자니까 쑥쑥 크나 봐. 그런데

사람들은 보름이한테도 일하라고 난리니, 어휴. 그렇
게 급하면 지들이……."

누군가 손을 뻗어 내 머리를 쓰다듬고 눈, 코, 입을
조심스럽게 매만졌다. 메이린 언니는 나를 안고 있으니
까 마리아 언니의 손일 거였다. 나는 웃지 않으려 했지
만 너무나도 조심스럽게 살금살금 만지는 손길에 간지
러움을 참을 수 없었다.

"아하하, 언니 간지러워!"

"장난꾸러기 같으니. 언니가 힘들게 돌아왔는데 안아
주지도 않고 자는 척만 하다니, 언니는 그럼 너무 슬퍼."

벌떡 일어나서 마리아 언니를 꽉 끌어안았다. 그러
자 마리아 언니도 나를 마주 안았다. 그 어떤 물살이
닥쳐도 흘러가지 않도록 강하게.

"돌아가자."

아직 물살이 잠잠하지 않은 탓에 마리아 언니가 나
를 품에 안고 돔으로 향했다. 돔 안으로 들어가려고
신호를 주고 기다리는데 아무리 기다려도 입구가 열
리지 않았다. 몇 번이나 신호를 보내도 마찬가지였다.

메이린 언니가 돔 아래쪽으로 가서 마주치는 사람에게 문을 열어달라고 부탁하려 했지만 아무도 만날 수 없었다. 강한 물살에 대한 두려움 때문에 다 집 안으로 꽁꽁 숨은 것 같았다. 정말로 돔이 무너지면 집에 숨어봤자 소용없을 텐데도.

"이 새끼들이 진짜!"

"메이린, 보름이가 들어."

"너는 열 받지도 않아? 먹을 걸 구해 와라, 배달 가라며 부려먹을 때는 언제고 물살이 거세지니까 지들만 살겠다고 입구도 안 열어줘? 미친 거 아니야?"

"우선 거센 물살이 덜 미치는 곳으로 가자"

계속 물살에 떠밀리니 한곳에 머무르는 것도 체력이 달리는 일이었다. 나야 마리아 언니 품에 있으니 괜찮았으나 언니들이, 특히 날 안고 있는 마리아 언니가 점점 힘이 빠지는 게 느껴졌다. 괜찮으니 내려달라고 해도 소용없었다. 나 같은 아기는 놓는 순간 너울너울 날아간다고 잔소리를 들을 뿐이었다.

마리아 언니의 머리카락이 엉망진창으로 흩날리는

걸 보면 정말 나 정도는 물살에 휩쓸려 낯선 곳에 떨어질 것 같았다. 언니들은 나보고 아기라 하고, 돔 사람들은 다 컸다고 하고……. 정말 누구 말이 맞는지 모르겠다.

마리아 언니와 메이린 언니가 번갈아 가며 나를 들고 돔에서 제법 거리가 있는 바위산을 지나가는데, 그러던 도중 물살이 잠잠해졌다. 이쪽 물살이 약해졌다고 돔 근처도 그럴 거라 장담할 순 없지만, 그래도 흐름이 아까보다 잦아들었을 것 같았다.

그러나 언니들은 돔으로 돌아가는 대신 나를 품에서 내려주고 바위산으로 향했다. 언니들에게 왜 돔으로 돌아가지 않느냐고 묻지 않았다. 내가 생각해도 돔 사람들이 나빴으니까.

가는 도중에 바위산 너머에 있는 도시 라이온에서 우리 돔으로 돌아오던 피터 오빠를 만났다. 피터 오빠는 배달부 중에 가장 경력이 길었다. 식량 가방 세 개를 들고 우리를 향해 다가오던 피터 오빠는 무표정한 마리아 언니의 얼굴을 보고 말없이 우리와 함께했다.

언니들은 장시간 수영으로 피곤해하는 피터 오빠의 가방을 하나씩 빼앗아 들었다. 나도 들려고 했지만 다들 말렸다. 강한 척했지만 언니 오빠들 속도에 맞춰 헤엄치는 것만으로도 지치던 차이기는 했다.

바위산 아래쪽에서는 동굴이 있었다. 우리는 그 안으로 들어가 드디어 쉴 수 있었다. 동굴 천장에 은은하게 빛나는 해초가 있어서 어둡지 않았다. 내가 벽에 자라난 해초를 살펴보고 있으니까 메이린 언니가 한 움큼 뜯어서 내 손에 쥐여줬다.

"보름이 정말 잘 따라오던데? 완전 아기인 줄 알았는데 조금 큰 아기가 됐어! 이건 먹어도 되는 거니까 배고프면 벽에서 더 뜯어 먹어."

해초를 한 가닥씩 야금야금 먹고 있는데 피터 오빠가 입을 열었다.

"돔에 무슨 일 있어?"

"돔 근처 물살이 심상치가 않더라고. 오빠 올 때는 괜찮았어?"

"물살이 심상찮아서 안 그래도 급히 가던 중이었어.

근데 왜 돔에 안 들어가고……. 설마 안 열어줬어? 또?"

"그래, 또! 또 안 열어줬어! 나쁜 놈들. 돔 안에 지나다니는 사람 하나 없더라. 폭풍이 온 것도 아니고 물살만 좀 거칠 뿐이었는데! 우리 없으면 다 죽는다고 엄살 피우면서 우리를 돔 밖으로 떠밀 때는 언제고, 진짜 죽을 것 같으니까 자기들만 챙기는 거 봐. 어이가 없어서!"

메이린 언니는 거세게 화를 냈다. 평소였으면 메이린 언니에게 욕하지 말라고 말렸을 마리아 언니도 메이린 언니가 하는 말을 듣고만 있었다. 나쁜 놈들. 마리아 언니한테 혼날까 봐 속으로만 욕을 따라 하고 양손 가득 해초를 쥔 채 마리아 언니 품에 안겼다. 마리아 언니는 자연스럽게 내 등을 감싸 안고 이마에 입을 맞춰 주었다. 메이린 언니는 다시 한번 열을 냈다.

"보름아, 언니가 욕해서 미안해. 미안한데, 정말…… 정말 더 이상은 못 참겠어. 우리 계속 이렇게 살아야 해? 마리아랑 나는 다 자랐고 튼튼하니까 그 정도 물살은 지나갈 수 있어. 근데 보름이는? 보름이는 떠밀려 갈 게 분명하잖아! 우리가 있으니까 보름이가 무사한 거지, 우리 없을 때 이런 일이 생기면? 가뜩이나 돔 안에 있는 게 불편하니까 계속 나와 있는 애인데 혼자 있을 때 폭풍을 만나면 어떡하냐고!"

마리아 언니는 아무 말도 하지 않은 채 나를 바라봤다. 해초를 오물오물 씹다가 마리아 언니 입에 해초를 넣어주었다. 언니는 웃으면서 해초를 받아먹고 내 손가락에 살짝 뽀뽀했다. 나는 마리아 언니 가슴팍에 얼굴을 기댔다. 그러자 말하지 않아도 마리아 언니가 내 등을 토닥여주었다. 마리아 언니가 내 엄마였으면 얼마나 좋았을까.

엄마는 나를 만들었다. 유전자 조작을 통해 세포를 만들고 인공 자궁에서 열심히 키워 태어난 게 나다. 내가 배달부로서 능력을 발현하자 엄마는 기뻐하면서 연구소에서 실험을 계속했다.

엄마는 집에 잘 들어오지 않았고, 나는 배달부 언니 오빠들 손에 키워졌다. 다른 수인과 비교해도 이상할 정도로 쑥쑥 자라는 나를 이상하게 여기고 꺼려하는 배달부들도 있긴 했다.

그럴 때마다 배달부 중에서 가장 능력이 뛰어난 마리아 언니가 날 감싸주었고, 마리아 언니랑 가장 친한 메이린 언니도 나를 보살펴줬다. 마리아 언니에게서 배달부 일을 배우는 수인 중에 나를 노골적으로 싫어하는 수인도 있었지만, 그들도 마리아 언니의 눈치가 보여 나에게 못되게 굴지는 않았다.

나를 만든 사람은 엄마지만, 나를 사랑으로 키운 건 마리아 언니였다.

"며칠 있다가 돔으로 돌아가자."

"마리아!"

"혹시 다른 배달부들도 돔에 있을지 모르잖아. 같이 떠날 거냐고 물어봐야지."

"그래! 너 마음 바꾸면 안 돼. 절대 안 돼. 이참에 우리 보름이한테 물살이 강한 바다에서 헤엄치는 훈련을 시켜야겠다!"

동굴에 머무르는 동안 언니 오빠들은 두 명씩 번갈아 짝을 지어 나를 데리고 헤엄쳤다. 폭풍이 닥쳐오지는 않았지만, 폭풍의 전조인 듯 때때로 물살이 거칠어졌다가 다시 잠잠해졌다. 덕분에 나는 강한 물살을 거슬러 헤엄치는 방법, 물살에 휩쓸려 오는 물체들을 피하는 방법, 뒤에서 밀어오는 물살을 타면서 원하는 방향으로 나아가는 방법, 방향을 바꾸는 방법을 중점적으로 연습할 수 있었다.

"마리아, 물살이 점점 강해지는 것 같지 않아?"

"그러게⋯⋯. 게다가 흐름이 거칠어지는 주기도 짧아지는 것 같고."

마리아 언니와 피터 오빠의 도움을 받으며 강한 물살에서 진이 빠질 때까지 헤엄치다가 빠져나온 참이었다. 물살에 휩쓸려 날아온 돌에 스쳐서 벌겋게 부어오른 팔을 진정 효과가 있는 해초로 둘둘 감은 채 마리아 언니 품에 안겨 있는데, 언니 오빠의 심각한 대화가 들려왔다.

"보름이도 실력이 많이 늘었으니까 이제 됐어. 물살이 더 거세지기 전에 돔으로 가자."

우리는 서둘러 동굴로 돌아갔다. 메이린 언니는 해

초와 말미잘로 예쁜 다발을 만들고 있었다.

"우리 보름이 연습 많이 했어? 배고프지? 이거 먹어!"

붉은색 사이사이 초록색이 섞인 다발은 엄청 맛있어 보였다. 나는 다발을 끌어안고 메이린 언니 볼에 뽀뽀해주었다. 종류별로 맛이 달라서 하나하나 맛보고 있으니 피터 오빠가 식량 가방을 두 개, 메이린 언니가 한 개 챙겼다. 마리아 언니는 나를 등에 업었다. 나는 다발을 마리아 언니 등과 내 가슴 사이에 잘 끼워두고, 오른팔로는 마리아 언니 목을 끌어안고, 왼손으로는 해초를 쏙쏙 뽑아 먹었다.

"근데, 냠, 내가 갈 수 있, 이거 언니도 먹어봐, 달아!"

"응, 달다. 보름이가 주니까 더 맛있네. 보름이 다쳤으니까 이번에는 언니가 업고 가는 거야. 언니 등에 잘 붙어 있어야 해. 알았지?"

"알았어. 그러면 가는 동안 내가 언니 먹여줄게."

"그거 내가 준 건데 마리아만 챙기고! 너무해!"

"헤헤, 마리아 언니한테 업혀 있으니까 그래! 메이린 언니가 업어주면 그때는 언니 먹여줄게!"

가는 동안에는 물살이 평온해서 재잘재잘 떠들었는데 돔에 도착하자 입을 다물 수밖에 없었다. 폭풍이 휘몰아쳐서인지, 단단하거나 뾰족한 게 치고 갔는지 모르겠으나 돔 벽에 미세한 금이 가 있었다. 벽이 워낙 두꺼워서 지금 당장 물이 샐 정도는 아니었지만 이대로 가면 언젠가는 돔이 완전히 무너질 게 분명했다.

돔 벽 근처에 서 있던 사람들은 우리를 발견하고 얼른 들어오라며 손짓을 했다. 크게 발을 구르고 머리 위로 팔을 뻗어 흔들었다. 입을 크게 벌리고 얼굴을 일그러뜨렸다.

그 모습이 무서워서 나도 모르게 두 팔로 마리아 언니 목을 꽉 끌어안았다. 마리아 언니는 업고 있던 나를 앞으로 돌려 안아주었다. 해초 다발이 물살에 휩쓸려 흩날리다가 바닥으로 가라앉았다.

"들어가지 말까?"

메이린 언니가 속삭이는 소리가 들렸다. 마지막일지 모른다는 생각에 돔으로 고개를 돌렸는데, 보고 싶다고 생각한 적도 없는 한 인간을 한눈에 발견했다.

"엄마……."

하얀색 가운을 입은 엄마였다. 엄마는 다른 사람들
처럼 얼굴을 찌푸리거나 팔을 휘두르지는 않았다. 늘
봤던 눈빛으로 나를 바라보고 있었다. 이글이글 무언
가를 열망하는 눈동자.

너무 놀라서 얼굴을 돌려 마리아 언니 품에 숨었다.
익숙하고 안전한 기분에 안심이 되었다. 빨리 이곳을
떠나길 바랐다. 그러나 언니는 나와 생각이 달랐나 보
다. 언니가 나를 꼭 끌어안고 돔 입구로 헤엄쳤다.

"마리아! 뭐 하는 거야?"

"우리야 가족과 절연했지만 보름이는 아니잖아."

"언니 싫어, 안 갈래!"

"헤어지더라도 작별 인사는 해야지. 나중에 후회하
지 않도록."

우리가 돔 꼭대기에 도착하기도 전에 이미 엘리베이
터 문이 열려 있었다. 마리아 언니 품에서 벗어나려 했
지만, 언니가 놓아주지 않았다. 울먹이면서 메이린 언
니에게 손을 뻗었지만, 메이린 언니는 굳은 표정으로

가만히 있었다. 점점 서러워져서 눈물이 나와 바닷물과 뒤섞였다. 마리아 언니가 나를 끌고 엘리베이터 안으로 들어갔다. 메이린 언니와 피터 오빠는 돔 근처에도 오지 않았다.

"우리는 밖에 있는 게 낫겠어. 혹시라도 무슨 일이 생기면……."

"괜찮을 거야."

걱정하는 피터 오빠에게 마리아 언니가 그렇게 말했다. 우리가 들어왔는데도 문이 닫히지 않았다. 메이린 언니와 피터 오빠도 들어오길 기다리는 것 같았다. 그러나 두 사람이 어딘가로 헤엄쳐 가버리자 체념하듯 뒤늦게 문이 닫히고 바닷물이 빠졌다. 그제야 눈물이 볼을 타고 뚝뚝 흘렀다. 마리아 언니는 힘든 내색 하나 없이 다정하게 내 눈물을 닦아주었다.

"난 언니랑 있을 거야. 엄마한테 안 가."

"알아. 언니도 보름이 안 보내줄 거야."

"진짜? 정말로?"

"진짜. 정말로."

얼굴을 들고 마리아 언니의 눈을 바라봤다. 사랑이 가득 담긴 눈동자를 보고 고개를 끄덕였다.

"내가 걸을래. 내려줘. 대신 손 꽉 잡아줘야 해."

발을 디디고 똑바로 선 다음에 팔뚝으로 눈물을 닦았다. 마리아 언니가 부드럽게 내 머리를 쓰다듬어주는 사이에 돔 바닥에 도착했다.

문이 서서히 열리자 그 작은 틈 사이로도 사람들이 앞다투어 말하는 소리가 들렸다. 많은 사람이 한꺼번에 말하는 통에 누가 무슨 말을 하는지 정확히 알 수 없었다. 한 뼘 정도 문이 열리자마자 문 바깥쪽에서 불쑥 손들이 들어왔다. 엘리베이터 밖의 사람들이 손을 흔들며 절박하게 말했다.

"살려줘! 돔이 무너질 거라고!"

"보름아, 보름아 나 알지? 의사 아줌마야. 보름이 아플 때 아줌마가 돌봐줬잖니. 그러니까 날 데리고 가!"

"마리아! 엄마야! 그동안 미안했어! 그러니까 나를 데려가줘!"

문이 점점 열릴수록 더 많은 사람들의 손이 들어왔

다. 마리아 언니는 나를 자신의 뒤로 숨기고는 크게 소리쳤다. 언니가 내 손을 너무 세게 쥐어서 아팠지만, 마리아 언니가 무서운 걸 참는 것 같아서 나도 언니 손을 꽉 마주 잡았다. 이렇게라도 언니에게 힘이 되어주고 싶었다.

"돔은 안 무너져요! 밖에서 봤는데 괜찮았습니다."

"금이 갔잖아! 그럼 곧 구멍이 생겨서 돔 안에 물이 가득 찰 거라고! 너는 물속에서 살 수 있으니까 괜찮을지 모르겠지만, 우리는 아니라고!"

"저런 인간은 구해주지 말고 나를 데려가!"

마리아 언니는 아무 말도 하지 않은 채 가만히 서서 사람들을 노려보았다. 시끄럽게 떠들며 자기들끼리 싸우던 사람들이 점점 조용해지더니 마리아 언니의 눈치를 봤다. 나는 언니의 등 뒤에서 얼굴만 살짝 내밀어서 사람들을 훑어봤다. 불행인지 다행인지 엄마는 보이지 않았다.

"모두를 데려갈 수는 없어요. 데리고 나간다고 해도 다른 돔에서 받아줄지 모르는 거고요. 다른 돔에서 받아줄 만큼 능력이 있는 사람에 한해서 생각해보겠습니다. 받아주지 않는다면 여러분은 바다를 떠돌다가 죽을 수밖에 없습니다."

그러자 사람들은 조금이라도 경쟁률을 줄이기 위해서 서로를 헐뜯고 깎아내렸다. 너 같은 건 널리고 널렸다느니, 그런 업종은 이제는 저물어가는 일이라느니, 나이도 많은데 젊은 사람에게 양보하라느니 하는 말들이 거리낌 없이 나왔다. 마리아 언니의 엄마는 이미 온 데간데없이 사라져 있었다. 언니의 가족과 함께 있으면 언니 눈에 들 줄 알고 데려왔는데, 언니가 본 척도 안 하니 바로 엘리베이터 근처에서 밀려난 것 같았다.

얼굴이 터질 것처럼 싸우는 사람들을 보자 그들이 내게 어떤 말과 행동을 했는지 떠올랐다. 저 아저씨는 내게 식충이도 아니고 배달부가 왜 일을 안 하냐고 추궁했었고, 저 아줌마는 배가 고프다는 말을 계속하며 내 얼굴을 빤히 바라보곤 했고, 저 언니는 나를 욕심쟁이라 부르며 내 주머니를 마구잡이로 뒤지기도 했다.

나를 돔 밖에서 떠돌게 했던 사람들이며, 그리하여

바다를 사랑하게 만들어준, 물에서 맨몸으로 살 수 없는 사람들이었다.

　마리아 언니는 배달부라는 자긍심을 가지고 도시에서 도시로 이동하며 필요한 것들을 배달했다. 메이린 언니는 다들 염치없다며 욕을 하면서도 배달부가 없으면 사는 게 힘들어질 사람들을 불쌍히 여겼다. 이 도시의 삶을 버티지 못한 배달부 몇몇은 다른 도시로 떠나기도 했지만, 대부분 이 도시를 고향으로 여기며 목숨을 걸고 바다를 누볐다.

　사람들이 자기들끼리 싸우다 지쳐 다들 집으로 돌아간 후, 우리도 배달부의 집으로 갔다. 가는 길에 우리가 도망가지 않을까 집요하게 바라보는 시선들이 있었지만, 마리아 언니는 어깨를 펴고 평소처럼 걸었다. 나도 마리아 언니를 따라 허리를 쭉 세우고 걸었는데 집 앞에 있는 엄마를 보자 다리에 힘이 풀렸다.

　"들어가도 될까요?"

　"네…… . 들어오세요."

　입을 꾹 닫은 나 대신 마리아 언니가 엄마에게 대답

했다. 엄마는 우아하게 고개를 살짝 숙여 고마움을 표
현하고 우리 뒤를 따라왔다. 집으로 돌아온 배달부는
역시 아무도 없는 것 같았다. 소식을 전할 방법이 없으
니 다들 무사하길 바랄 뿐이었다.

마리아 언니는 내 방이 아니라 자신의 방으로 안내
했다. 집에 오면 주로 잠을 자거나 다른 배달부들과 대
화하는 것이 고작이었기 때문에 방은 생활의 흔적 없
이 삭막했다.

"밖에서 가져온 해초라도 드릴까요?"

"괜찮아요."

배달부는 돔 밖에서 먹을 걸 구할 수 있다는 이유로
돔에서 식량을 배급해주지 않았기에 집 안에는 돔에
서 만든 식량이 없었다. 나는 언니 옆에 달라붙어 언
니가 준 해초를 야금야금 씹었다.

"하실 말씀이 뭐죠?"

"저걸 데려가야겠어요."

"무슨 뜻이죠?"

"나는 유전자 관련 연구를 하고 있어요. 저건 내 걸

작이고요."

계속 마리아 언니만 보던 엄마는 '저건 내 걸작이고
요'라고 말하는 대목에서야 나를 바라봤다. 토돗. 말과
말 사이에 해초가 씹히는 소리가 청량하게 들렸다. 나
는 아무것도 모르는 아이처럼 해초를 씹고 또 씹었지
만, 엄마는 말을 멈추지 않았다.

"저게 수인으로 태어난 것도, 유난히 성장이 빠른
것도 다 내가 그렇게 유전자를 조작했기 때문이에요.
빨리 자란 만큼 배달부 일도 빨리 시작할 수 있을 줄
알았는데 그건 아니었지만요. 난 사람들이 돔 안에서
소수의 배달부에게만 의지해 생존하는 게 아니라 모
든 사람이 돔 밖에서 자유롭게 사는 세상을 원해요.
수인이 많아질수록 배달부 한 명에게 주어지는 책임
감이 줄어들지 않겠어요?"

"수인을…… 만들었다고요?"

마리아 언니가 그 말을 하는데 목구멍이 딱 닫혀서
해초가 넘어가질 않았다. 나는 하염없이 입안의 해초
를 씹으면서 맞닿아 있는 마리아 언니의 팔에 소름이

돋지 않는지 살폈다.

"한 번 성공했으니 두 번째는 더 쉬울 줄 알았는데 아니더군요. 연구를 계속하려면 저게 필요하죠. 그러니까 가자. 네가 있어야 다른 사람들을 도울 수 있어."

"나가요."

"이봐요."

"당장 나가!"

엄마는 가볍게 한숨을 쉬더니 일어나기 전에 나를 바라봤다.

"잘 생각해. 네가 있어야만 많은 사람이 살 수 있어. 너만이 유일한 해결책이야."

엄마는 들어올 때 그랬던 것처럼 우아하고 가볍게 고개를 숙인 후 방을 나갔다. 얼마나 사뿐사뿐 걷던지 발소리도 나지 않았다. 나는 마리아 언니에게 다가가야 할지 혼자만의 시간을 줘야 할지 고민했으나, 이내 생각이 멈췄다. 마리아 언니가 나를 아주 강하고 다정하게 안아주었기 때문이다.

"미안해. 정말 미안해 보름아……."

"언니?"

언니가 사과할 일이 아니었다. 왜 사과하는지 몰랐지만 언니가 너무 슬프게 말해서 가만히 안겨 있었다. 언니의 품은 잔잔하고 따뜻한 바다 같았다. 언니는 나를 안은 채 끊임없이 흐르는 물살처럼 내게 사랑을 보내줬다. 보름이는 사랑받는 아이야, 언니가 보름이를 많이 사랑해, 다른 사람들은 생각하지 말고 보름이만 생각해, 항상 언니가 보름이 곁에 있을게, 보름아, 보름아……. 언니는 엄마가 나를 '저거'라고 한 걸 보상해주겠다는 듯이 계속 내 이름을 불렀다.

나는 나를 이상해하거나 무서워하지 않는 언니 품에서 언니가 주는 사랑을 받아먹었다. 예전엔 해초를 엄청 많이 먹어도 계속 배가 고팠는데 지금은 먹지 않아도 배불렀다. 우리는 아무것도 없는 방에 누워 사랑 속에서 잠들었다.

돔이 금방 무너지지 않을 거라는 전제하에 사람들이 도시를 빠져나갈 순서를 짰다. 배달부 한 명당 많게는 다섯 명까지 한 번에 배달할 수 있었지만, 안전을 위해 세 명씩만 배달하기로 정했다. 사람들이 반발하기도 했으나 까딱하면 죽을 수 있는 바다보다는 금이 가도 아직은 안전한 돔에 있는 편이 낫다는 걸 깨닫고 잠잠해졌다.

그사이에 도시로 돌아온 배달부들이 몇 명 더 있었다. 배달부들은 두세 명씩 무리를 지어 사람들을 맡았다. 언니 오빠들은 제일 어린 나를 두고 계속 도시에서 도시로 오가며 사람들을 옮겼다.

원하는 도시까지 옮길 여유가 없어서 급한 대로 가까운 도시인 독수리에 사람들을 배달했다. 나중에 다른 도시로 이주하겠다는 약속이 아니었으면 받아주지 않았을지도 몰랐다. 도시 클라우드는 너무 많은 사람이 몰려왔다고 불만을 표하고는 더는 사람들을 받지 않겠다며 문도 열어주지 않았다고 했다.

어떤 배달부들은 사람들을 데리고 나가서 다시 돌아오지 않았다. 배달부들이 도망간 것인지 모두 사고로 죽었는지 몰라 사람들은 불안에 떨었다. 다른 도시로 가는 걸 포기하는 사람이 늘어났다.

몇 번 배달을 다녀온 언니들은 나도 배우고 익혀야 한다며, 이번 배달에는 나도 함께 가자고 했다. 사람들은 언니들이 나를 데려가면 배달을 떠나서 아예 돌아오지 않을까 봐 나를 볼모로 잡으려고도 했지만, 그동안 배달부로 헌신해왔던 것과 지금도 성실히 돌아오는 걸 보고 의심을 거두겠다 했다. 그러나 나는 알았다.

"안 돌아올 거지?"

내 질문에 언니들은 입을 열지 않았다.

"그럼 엄마를 배달하게 해줘."

"뭐?"

"엄마는…… 사람들을 구할 수 있을 거야."

마리아 언니는 그 말을 한 나를 한참 바라보다가 따뜻하게 안아줬다. 그리하여 나는 처음이자 마지막으로 배달을 하게 되었다.

돔 밖으로 나가는 문 앞에서 대기했다. 순서를 기다리다 보니 이제 우리 차례였다. 엘리베이터를 타고 올라간 후 돔을 빠져나가는 공간의 문이 닫히고, 사람들의 적응을 위해서 서서히 물이 차올랐다. 사람들은 겁에 질린 채 몸을 낮추고 물이 자신의 머리 위로 차오르길 기다렸다.

나는 엄마 앞에서 떠오르며 무표정한 엄마를 바라봤다. 엄마의 정수리를 본 건 처음이었다. 이내 엘리베이터에 물이 가득 찼다. 수압을 견디는 옷은 입었지만 머리 주변에 얼른 산소 방울을 만들어줘야 하는데 입술이 떨어지지 않았다. 엄마는 무섭지 않다는 듯 눈을 부릅뜨고 나를 올려봤다.

저 눈빛을 안다. 주사가 싫다고, 무섭다고 울어도 아무 말 없이 나를 가만히 바라보던 그 눈빛이다. 주춤거리며 입술을 떼는데 어느새 마리아 언니가 엄마의 얼굴 근처에 숨을 불어 산소 방울을 만들었다.

"보름이가 배달부 일이 처음이라서요."

잠시 적응의 시간을 보내고 문이 열렸다. 산소 방울을 얼굴에 두른 사람들은 배달부의 도움을 받아 차례대로 돔 밖으로 빠져나와 땅바닥에 섰다. 발이 안정적으로 바닥에 붙어 있는데도 돔 밖으로 처음 나온 사람들은 낯선 감각에 당황해 호흡이 거칠어졌다. 우리는 사람들이 진정될 때까지 산소 방울의 크기를 확인하며 계속 산소를 불어 넣어줬다.

마리아 언니와 메이린 언니는 세 명씩, 나는 엄마 한 명만 담당했다. 안전을 위해 배달하는 사람들과 몸을 끈으로 묶고, 혹시 모를 위험에 처하면 끈을 잘라 도망칠 수 있도록 칼도 한 자루씩 챙겨 길을 떠났다.

사람들은 숨을 쉬는 것만으로도 산소 방울이 줄어드니 경직되어 있었다. 더구나 언니들은 사람들 앞에서 초보 배달부인 내게 이것저것 알려주면 사람들이 불안감으로 패닉에 빠질 수도 있다고 생각했는지 뒤에서 눈짓과 손짓만으로만 나를 도와줬다.

폭풍이 언제 올지 몰라 걱정했는데 바다는 잠잠했다. 다행이었다. 마지막이라는 생각에 우리는 사람들이 정착할 수 있을 법한 도시로 그들을 데려다주었다. 돔이 보여도 그대로 지나치자 사람들은 두려운 기색으로 발버둥을 치기도 했으나, 우리가 더 안전한 돔으로 데려다주려는 걸 알고 자신들의 안전과 미래를 위해 순순히 우리를 따라왔다.

돔에 도착하면 사람들을 소개해주고, 다른 돔을 원하거나 도시에서 거부당한 사람들을 데리고 다른 돔으로 떠났다.

그렇게 한 명 두 명 떠나고 남은 건 엄마 한 사람뿐이었다. 다른 돔에서 엄마의 연구 능력을 원해도 엄마가 가지 않았기 때문이다. 엄마의 목적은 처음부터 해저도시 태양이었다. 그곳이 가장 연구하기 좋은 장소라고 했다.

태양은 아주 멀고 멀어서 가는 동안 지치고 힘들었다. 엄마와 나를 연결하고 있는 끈을 끊어버리고 자유롭게 헤엄치고 싶다는 마음도 들었다. 그러나 나는 배달부였다. 폭풍이나 위험한 생명체를 만나는 등 어쩔 수 없는 상황이 아니라면 배달을 끝마쳐야 했다. 그게 내가 마리아 언니한테 배운 배달부의 태도였다.

마침내 도착한 태양을 보니 도시 이름을 왜 태양이라고 지었는지 알 것 같았다. 지금까지 만난 도시 중

가장 크고 가장 환했다. 반짝반짝 빛나는 돔은 예뻐 보였다. 얼마나 많은 사람이 살고, 얼마나 많은 공장이 돌아가는 걸까.

그러나 나는 더 예쁜 걸 알고 있었다. 은은하게 빛나는 해초들, 물살에 하늘하늘하는 해파리들, 손바닥보다 작은 물고기들, 떼를 지어 멋있게 유영하는 물고기들…….

마리아 언니가 엄마를 데려가려 했지만, 내가 엄마의 팔을 잡고 돔 입구로 올라갔다. 피 검사나 세포 채취처럼 연구에 필요할 때 말고는 손을 잡아본 적도 없어서 가까이에만 있어도 몸이 움찔거리거나 뻣뻣하게 굳곤 했는데, 배달하는 동안 익숙해졌는지 괜찮았다.

"날 원망하니?"

돔 입구가 천천히 열리는 사이에 엄마가 입을 열었다. 들리지는 않지만 입 모양으로 뜻을 알 수 있었다. 내가 산소를 불어 넣지 않아 산소 방울이 많이 작아진 상태였다.

산소를 불어 넣어줄까 했지만 그러는 대신 아무 말

없이 아래만 바라봤다. 원망한 적 없다면 거짓말이었다. 그렇지만 이제 더는 엄마에게 마음을 쓰고 싶지 않았다. 그러니까 이제 원망하지 않는다.

문이 완전히 열리자 엘리베이터에 엄마를 집어넣고 재빨리 칼을 꺼내 끈을 끊었다. 그러나 칼을 꺼낸 건 엄마도 마찬가지였다. 엄마는 내가 더 멀어지기 전에 칼을 휘둘렀다. 피한다고 피했지만 종아리가 길게 베여서 피가 돔 입구 안에 흘러 붉게 물들었다.

"나는 사람들을 구할 거야."

그렇게 말한 것 같았다. 엄마는 품 안에서 비닐봉지를 꺼내 피가 섞인 바닷물을 담았다. 닫히지 않은 문 사이로 핏물이 새어 나와 바다로 퍼지고 있었다.

빠르게 헤엄쳐 온 마리아 언니가 나를 끌어안고 다리를 살폈다. 메이린 언니는 약초와 붕대를 꺼내 응급처치를 해줬다. 상처가 화끈거렸지만 피는 금방 멎었다.

문이 닫히기 전에 엄마의 얼굴에서 산소 방울이 사라졌다. 과연 엄마가 물이 얼굴 아래로 빠지기 전까지 버틸 수 있을까?

"보름아, 괜찮아?"

"엄마가 되어가지고 어떻게 이럴 수가 있어? 당장 끄집어내야지 안 되겠네!"

"메이린 언니, 그러지 마. 난 괜찮아. 마리아 언니, 엄마한테…… 저 인간한테 산소 방울을 만들어줘."

"뭐?"

"언니들처럼 배달을 잘 마무리하고 싶어."

마리아 언니는 잠시 생각하더니 고개를 끄덕이고 산소 방울만 입구의 벌어진 틈새로 내려보낸 채 돌아왔다. 엄마가 산소 방울 속으로 얼굴을 집어넣는 모습이 희미하게 보였다. 메이린 언니는 입안에 욕을 가득 담고 있으면서도 나 때문에 내뱉지 못한 채 인상만 찌푸렸다.

"내가 있어야 사람들을 구할 수 있는데, 잘못 생각한 건 아닐까?"

"아니. 보름이는 씩씩하고 건강하게 자라는 것만 생각하면 돼."

"그래도 돼?"

"물론."

나는 웃으면서 언니들 사이로 들어가 한쪽씩 손을 잡았다.

"이제 어디로 갈까? 보름이는 가고 싶은 곳 있어?"

"어디든 좋아!"

나는 초보 배달부였지만, 처음이자 마지막 배달을 무사히 완수했다. 이제 마리아 언니와 메이린 언니에게 어리광을 부리며 바다에서 살아야지. 물살에 몸을 맡기고 즐겁게 노래를 부르고 춤을 추면서!

상체만 한 크기의 자석 손잡이를 양손으로 단단하게 잡고 사방으로 열심히 움직였다. 그러면 벽 바깥에 있는 자석 청소기가 따라 움직이며 벽에 생긴 물때를 제거한다. 보이는 거라고는 어둠 위로 반사되는 내 모습뿐인데, 사방이 캄캄한 어두운 바다에서 왜 시선을 뗄 수 없는 건지 모르겠다.

여긴 죽은 바다 밑 도시 '태양'. 나는 돔 벽 청소부다.

해저도시는 어떠한 과학기술을 뽐내기 위해서나 우주에서 외계인이 침략했기 때문에 만들어진 게 아니다. 다른 청소부들과는 달리 나는 도시 건설의 이유를 알고 있다. 나는 일종의 불량품으로 태어나서인지 인공 자궁 속에서 만들어지면서 자연스럽게 알게 되는 것들이 있었다.

인간은 너무 많은 편리와 물자를 욕심냈고, 그로 인해 지구가 죽기 일보 직전이었다. 인간들은 세대우주선이나 우주정거장을 이용하거나, 다른 행성을 테라포밍해 이주하려고 시도했으나 시간이 너무 부족해 깊은 바닷속에 온전한 도시를 만들기로 결정했다. 전 세계가 한마음으로 해저도시를 만들었으면서도 나중엔 누가 들어갈지 선별하느라 싸웠고, 탈락한 이들은 배를 타고 바다를 떠돌며 천천히 죽어갔다.

많은 시간이 흐른 지금, 이제는 몇 개의 도시가 살아남았는지 모르겠다. 예전에는 도시와 도시 사이로 배달부가 돌아다니거나 가끔 신호를 보내 교류했다고는 하는데, 아직까지 살아 있는 도시도 줄어든 데다가 에너지를 아끼기 위해 외부 활동을 하지 않은 지 오래인 것 같았다.

어쩌면 모든 해저도시가 다 죽어 이곳이 유일한 도시일 수도 있다. 혹은 다른 도시도 고립된 채 자신들이 마지막 해저도시라고 생각할 수도 있겠지만 말이다.

바닷속에 있는 도시이기 때문에 바닷물을 피부로 느껴본 적은 없다. 바다에 잠기려면 돔이 깨져야만 할 것이다. 그러나 아주 오랫동안 돔은 깨지지 않고 바다와 도시를 완벽하게 가로막고 있었다.

누구도 나갈 수 없고 무엇도 들어올 수 없는 투명한 돔. 우리는 안전하게 밀폐된 돔 안에서 멸망을 향해 천천히 걸어가고 있는 건 아닐까, 하는 생각이 때때로 들곤 한다. 그래도 나보다는 이 도시가 오래 살겠지.

청소부는 태어난 날부터 청소를 시작해 죽는 날까지 청소를 한다. 다른 청소부가 있다는 걸 알고 있지만 각자 맡은 구역이 있기 때문에 어느 날 아주 우연히 각자의 구역 끝자락을 청소하지 않는 이상 마주칠 일이 없다. 때때로 다른 청소부도 청소 외의 다른 생각을 하는지 궁금하고, 대화를 해보고 싶지만 실행에 옮기는 건 어려웠다.

우리의 최대 수명은 3년이다. 하는 일이라고는 자석을 잡고 돔 외벽을 닦는 것뿐이라 일에 대해 이야기를 나눌 것도 없고, 배급되는 식량이 똑같으니 음식을 나눠 먹을 일도 없고, 그렇다고 생식기관이 있어서 번식을 할 수 있는 것도 아니다. 청소부의 탄생 목적은 오로지 돔 벽 청소뿐이다.

이럴 거면 로봇을 만드는 게 낫지 않았나 싶지만, 해저도시에서는 전기가 매우 귀하다. 로봇을 충전하는 것보다 인간을 인공 배양하는 게 훨씬 더 싸게 먹힌다. 식량도 조금만 먹고 사고도 일으키지 않으며 평생 청소만 하다가 다시 다음 인공 인간의 재료가 되기 위해 제 발로 공장으로 돌아가니 완벽한 에너지 순환 시스템인 것이다. 돔 중심부의 진짜 인간들은 얼마나 편할까.

나는 이런 상황이 정상이 아니라는 걸 알고 있다. 청소부를 만들 때 필요한 세포를 죽은 청소부에게서 가져오는데, 내가 만들어지는 과정에서 이런저런 청소부들의 세포가 섞여 융합하고 성장하면서 본능처럼 알게 되는 게 많았다.

종종 불합리, 불공정, 불평등 같은 단어가 떠올라 괴로웠고, 시원한 바람이나 태양, 꽃, 사랑, 대화, 체온, 책,

음악과 같은 것들이 못내 그리워 미칠 것 같았다. 아무것도 몰랐으면 차라리 나았을까, 하는 생각이 든 적도 있었지만 그래도 무지하고 무감한 삶보다는 생각하고 사랑할 수 있는 상태가 좋았다. 그렇지 않았다면 바다를 보는 것만으로 많은 위안을 받지 못했을 테니까.

그래서 알 수 있었다. 내가 담당하는 구역, 돔 벽 바깥에 무언가가 보였을 때, 그게 물때가 아니라 어떠한 생명이라는 걸. 아주 희미한 빛을 띠고 있는 그것은 점점 자라고 있었다. 엄지손가락만 한 크기지만 하늘거리는 옷자락처럼 모양이 예뻐서, 어쩌면 저게 꽃이 아닐까 생각하면서도, 꽃은 지상에서 자라는 건데 저건 뭐지, 하고 생각하게 되었다.

청소부의 본능은 저걸 어서 치우라고, 무거운 자석 청소기로 있는 힘껏 밀어버리라고 말하지만, 나는 손을 움직이지 못하고 계속 바라만 본다. 다른 청소부였다면 저게 뭔지도 모르고 바로 없애버렸겠지.

저게 돔 벽을 무너뜨릴지도 몰라. 아니야, 그저 붙어

만 있는 것뿐이야, 아주 작고 가녀린 빛을 내면서. 생
각과 생각이 싸우면서 머릿속이 복잡해지지만 결국
아무것도 하지 않는다. 아니, 하지 못한다.

　나는…… 나는 왜 저 빛나는 식물을 하염없이 바라
보고 있는 걸까. 어쩌면 그냥 아름다워서 그런 건지도
모른다. 빛나지 않았더라면 나도 저게 뭔지 몰라서 청
소해버렸을 수도 있다. 바다가 죽기 전에는 빛나지 않
았지만, 죽은 바다에서 살기 위해 빛을 내뿜게 된 생명
일 수도 있다. 이게 진화라는 걸까? 마치 내가 청소 본
능 외의 것을 알게 된 것처럼?

　돔 벽은 아주 두꺼워서 손을 대봐도 바깥 온도가 느
껴지지 않는다. 그럼에도 불구하고, 한 번도 가보지 못
하고 본 적도 없는 돔 중심부보다는 훨씬 가깝게 느껴
진다.

　바다는 죽은 채로도 다정하다. 바라보고만 있어도
텅 빈 마음을 채워준다. 차라리 바다에서 살 수 있으
면 얼마나 좋을까.

　입으로 허밍을 하며 양팔을 위로 올리고 손가락을

까딱거리며 흐물흐물 움직여본다. 팔을 양옆으로 벌려 위아래로 휘저어도 본다. 돔 벽 위로 비치는 내 모습이 마치 바닷속에서 헤엄치는 자세 같아 웃음이 나왔다.

한들거리는 손가락 사이로 멀리 보이는 무언가가 내게 다가오는 것 같아 움직임을 멈추고 돔 벽에 달라붙었다. 눈동자를 데굴데굴 굴리며 바깥을 살펴봐도 보이는 건 깜깜한 어둠뿐이었다. 빛무리가 진 걸 잘못 본 걸까? 괜히 손가락을 들어 까닥여봤지만, 보이는 건 내 손가락밖에 없었다.

손을 든 김에 돔 밖에서 자라나고 있는 무언가를 쓰다듬는 흉내를 냈다. 나는 허공을 만지지만, 돔 벽에 비친 내 모습은 아주 애틋하고 섬세하게 생명을 쓰다듬었다. 이파리 하나하나 주름 하나하나 매만지고 쓸어보고 잘 자라라고 토닥인다. 손가락에 스친 것처럼 선명한 느낌이 났는데 다시 움직여보니 아무것도 만져지지 않는다. 덧없기만 하다. 그래도 생명은 존재한다.

"너나 나나 시한부지만, 죽기 전까지는 열심히 살아보자."

생명 주변의 얼룩이 물때인지 씨앗인지 알 수 없어서 청소하지 않았더니 점점 더러워지는 것 같다. 그래도 그 부분을 제외하고는 평소보다 더 깨끗이 닦으니까 괜찮지 않을까? 청소하고 싶다는 본능을 억누르며 자석을 있는 힘껏 밀어 바닥에 내려놨다.

집을 향해 가고 있는데 어디선가 처음 맡는 냄새가 느껴졌다. 발걸음을 멈추게 하는 냄새였다. 나도 모르게 냄새의 근원을 찾아갔다.

옛날에는 도시에 사는 사람이 많았는지, 아니면 인구 증가를 대비해 미리 건물을 만들어둔 건지 모르겠지만, 사람이 얼마 없는 외곽에도 빈 건물이 많았다. 이리저리 골목을 돌자 멀리서 딸랑딸랑거리는 소리가 들렸다.

경쾌한 방울 소리에 이끌려 나도 모르게 걸음이 점점 빨라졌다. 골목 하나를 돌아 나간 순간 마침내 마주쳤다. 태양, 이건 태양이 분명했다.

해저도시는 에너지를 아껴야 하므로 모든 곳이 어두

컴컴했다. 물론 나 같은 청소부가 아니라 진짜 인간들이 살고 있는 돔 중심부, 둥근 벽으로 한 겹 더 감싸진 돔 안의 돔 쪽 상황은 모르겠으나, 돔 외벽 쪽은 대체로 어두웠다. 청소부는 어둠 속에서도 시야 확보를 할 수 있게 개량된 채 태어나 청소하는 데 아무 이상 없었지만.

태양을 떠올리게 하는 빛에 너무 눈이 부셔서 가까이 다가갈 수 없었다. 눈이 타들어갈 것 같은데도 온몸으로 느껴지는 빛이 좋아서 자리를 떠날 수가 없어 가만히 서 있었다.

"어서 오세요! 가까이 와서 구경해도 괜찮아요. 아, 너무 밝아서 그렇군요."

빛이 점점 사그라들더니 돔 벽에 붙은 생명처럼 희미한 빛만 남았다.

"에너지를 낭비하면 안 돼요. 바다가 더 뜨거워지지 않도록 아껴야 해요."

나는 빛을 온몸으로 느낄 수 있다는 게 좋으면서도 걱정되어 이렇게 말했다. 지구가 죽어가고 있어서 바다로 도망쳐 왔으면서도 사람들은 에너지를 얻기 위해 바다를 데우고 있었다. 돔 벽의 두께 때문에 수온이 느껴지지는 않지만, 분명 점점 더 뜨거워지고 있을 터였다. 빛나는 식물이 열기로 죽어버리면 어쩌지, 하고 초조하기까지 했다.

"……그렇군요. 다른 이들은 밝은 빛을 보면 아주 많이 좋아해서, 바다에 나쁜 일이 될 줄 몰랐어요. 미안해요. 내가 생각이 짧았어요. 앞으로는 이런 일 없을 거예요."

반성하는 말을 듣고 나서야 경계를 풀고 가까이 다가갔다. 누군가가 트럭 위에 앉아 있었다. 동그란 반원이 가지런히 파인 까만색 틀 세 개가 있었는데, 틀 하나에는 자글자글 무언가가 익고 있었다.

노릇노릇하게 익어가는 동그라미. 막대기를 휘두를 때마다 튀어 나가지도 않고 그 안에서 데구르르 구르고 있었다. 트럭도, 눈앞에 있는 것도 다 처음 보는 것들이지만 무엇을 만들고 있는지 알 수 있었다.

"타코야키."

"제가 여기저기 다녀봤는데도 타코야키를 아는 분은 처음 만나요. 타코야키 드실래요?"

이제껏 내가 만나본 사람이야 공장에서 만들어질 때 보았던 청소부나 담당자뿐이지만, 그래도 흐릿한 기억을 통틀어서 저렇게 밝고 환하게 웃는 사람은 처음이었다. 나도 모르게 뒷걸음질 치며 상대방을 바라보았다. 웃는 모습을 보니 왠지 모르게 몸이 간질간질한 느낌이 들었다.

"전 드릴 게 없는데요……"

자석은 돔 벽 바닥에 잘 붙여두어야 하고, 에너지바는 집에 있는 데다, 혹시 지금 가지고 있더라도 이걸 에너지바로 사려면 몇 개나 필요한지도 모르겠다. 내가 돈을 받고 일하는 것도 아니라서 정말 줄 게 아무것도 없었다.

"돈 받고 파는 게 아니니까 괜찮아요. 조금 있으면 완성이니까 기다려주세요!"

사장님은 웃으면서 부지런히 막대기를 돌려 타코야키를 뒤집었다. 동글동글. 처음 보기는 하지만 이렇게 완벽한 타코야키는 기억 속에서도 없었던 것 같다고, 내 몸을 이루는 세포가 말하고 있었다.

그런데 내가 이걸 먹을 수 있을까? 청소부의 몸은 에너지바만 먹고도 신체를 유지할 수 있도록 만들어졌다. 다른 걸 먹으면 망가질 수도 있다. 지금이라도 집으로 돌아가는 게 좋지 않을까 하고 생각하면서도 데굴데굴 판 안에서 돌아가는 타코야키를, 가볍고 경쾌하게 흔들리는 손목을, 태양처럼 밝게 웃는 사람을 멍하니 바라볼 수밖에 없었다. 딸랑딸랑, 작은 방울 소리가 텅 빈 건물들 사이를 울렸다.

"타코야키를 어디서 본 적 있나요?"

"아니요. 처음 봐요."

"이 돔 사람들은 보통 뭘 먹어요?"

"저는 청소부라서 다른 사람들이 뭘 먹는지는 잘 모르겠어요."

"청소부?"

목소리에는 의아함이 담겨 있었다. 청소부의 존재를 모르다니? 돔 안의 돔 사람은 청소부에 대해 모르나?

어떻게 모를 수가 있지? 나는 무엇을 위해 태어났나 하는 자괴감이 들었지만, 내색하지 않고 청소부에 관해 친절하게 설명했다.

"돔 벽 청소만을 위해 개량한 인간이에요. 대소변도 보지 않고 땀도 흘리지 않는 인간. 아, 침은 나와요. 침을 도로 삼켜서 체내 수분량을 맞추니까 물을 마실 필요도 없어요. 일종의 순환 구조죠. 시간이 지나면서 체내 수분량이 서서히 줄어들어 죽게 되는 건 어쩔 수 없지만요."

"그게 무슨……."

"돔에서는 뭐든지 부족하잖아요. 이 돔이 언제 생겼는지는 모르겠지만, 먹는 것, 입는 것, 쓰는 것을 바닷속에서 어떻게 충분히 구하겠어요. 돔이 만들어질 때 챙긴 물품들을 계속 소모하기만 하는데, 자원 사용량을 줄이기 위해서는 저 같은 개량 인간이 필요했던 거겠죠. 돔 안의 돔은 어때요? 늘 이렇게 음식을 만들어 먹나요? 인간이 인간을 배 속에 품었다가 낳아요? 다 건강하게 태어나나요? 몇 년까지 살 수 있어요?"

아기가 태어나서 일할 수 있을 만큼 자랄 때까지 필요한 에너지와 성인이 죽지 않도록 지속적으로 공급해야 하는 에너지 중 어떤 쪽이 더 적은지는 모르겠다. 그렇지만 아무것도 할 수 없는 아기에게 많은 걸 투자할 수 있을까?

청소부는 탄생 전에 녹아내리거나, 태어났는데도 제대로 움직이지 않는 경우 다시 재료가 되기도 한다. 중간에 아파도 바로 폐기된다. 인간은 죽으면 어떻게 처리할까. 청소부처럼 재료가 되지는 않을 것 같다. 남아도는 공간이 많으니 빈 건물에 처리할 수도 있겠지.

돔 제일 바깥쪽에 있는 공장에서 태어나 돔 안쪽을 바라보며 혼자 상상하고 그 상상을 무너뜨리고 추론하면서 고개를 흔들거나 그럴듯하다고 감탄했지만, 모든 건 내가 혼자 생각한 것일 뿐 확실한 건 아무것도 없었다.

다만 내가 명확하게 아는 건 두 가지였다. 나의 수명이 얼마 남지 않았다는 것. 그리고 남은 시간도 열심히 청소하며 보내야 한다는 것.

돔 안의 돔에 사는 인간을 만난 기념으로 그동안 궁금했던 걸 해결하고 싶었지만, 내게 돌아온 건 답이 아니라 질문이었다.

"그럼 당신은 뭘 먹고 살아요?"

"에너지바요. 아무 맛도 안 나요. 공장에서 나올 때 150개를 받아 와서, 자고 일어날 때마다 야금야금 먹어요. 에너지바가 남는다면 공장으로 돌아갈 때 들고 가고요."

일주일에 한 개씩이라는데 자고 일어나면 잠깐 잔 건지 하루가 간 건지 알 수 없어서 눈뜰 때마다 조금씩 먹고 있다. 아무런 맛이 느껴지지 않지만 먹으면 힘이 난다는 것만으로도 충분하다. 청소부는 그렇게 만들어졌다. 하긴, 많이 살아도 3년밖에 살지 못하는 청소부에게 맛이란 사치일 터였다.

"사장님은 뭘 먹어요?"

"내가 먹는 것도…… 별로 맛없어요. 통조림이라서 괜찮을 줄 알았는데, 열어보니 대부분 상했더라고요. 그래서 다시 만들고 있어요."

돔 안의 돔에 산다고 다 좋은 것만 먹는 건 아닌가 보다. 사장님은 일정한 박자를 유지한 채 타코야키를 뒤집었다. 사장님의 손이 움직일 때마다 딸랑, 딸랑 규칙적인 소리가 났다.

나도 모르게 방울 소리에 맞춰 흥얼거렸다. 라라라. 가사는 없지만 그건 노래였다. 빙그르르 돌고, 손을 위아래로 둥글게 말고, 폴짝폴짝 뛰어다녔다. 포대 자루에 머리와 팔을 뺄 수 있게 구멍만 낸 옷이라 움직임에 제약이 있었지만 날 막을 수는 없었다. 나는 박자와 노래에 맞춰 춤을 췄다.

사장님은 타코야키를 굽는 것도 멈춘 채 내 움직임에 맞춰 방울을 흔들고 있었다. 타코야키가 까맣게 타서 연기가 나고 있는데 그게 마치 나를 위한 특수 효과처럼 느껴져서 웃음이 터져 나왔다. 내 웃음을 따라 낮게 깔리는 사장님의 웃음소리가 섞이자 그것 또한 하나의 음악 같았다. 연기에 눈이 매워 자꾸 침이 나왔다.

사장님은 눈이 맵지도 않은지 춤추는 나를 뚫어져

라 바라봤다. 연기 속에서 사장님의 눈동자가 빛나고 있었다. 그 눈빛이 돔 벽의 빛나는 식물을 떠올리게 했다. 연기와 조명, 그리고 눈이 매워서 생기는 착시가 어우러져 사장님이 신비한 존재처럼 보였다.

그의 시선을 받는 내가 특별한 존재가 된 것 같아, 자꾸만 가슴이 두근거리고 열이 나는 것 같았다. 신체 구조상 그럴 수 없는 게 분명한데도.

"와……, 정말, 정말 아름다워요……. 몸을 이렇게 움직이는 건 처음 봤어요."

"나도, 나도 이렇게 노래하고 춤춰본 건 처음이에요……."

"움직이느라 힘들었을 텐데 이것 좀 먹…… 아, 다 탔지. 기다려봐요. 금방 만들어줄게요."

그러더니 틀에 네모난 무언가를 문질렀다. 달궈진 구멍마다 액체가 차올랐다. 고소한 냄새를 맡으니 벌써부터 침이 고였다. 그 위에 바로 주전자를 기울여 반죽을 붓자 치이익 소리가 귀를 간지럽혔다. 방울 소리와는 또 다른 자극이었다. 서서히 익어가는지 반죽이 올록볼록해졌다. 사장님은 움푹한 원 하나하나에 뭔가를 넣고 뿌리고, 틀이 다 덮일 정도로 반죽을 부었다.

"이게 뭔지 알아요? 이건 톳이에요. 먹을 때 톡톡 씹히는 식감이 재밌을 거예요. 나는 파보다 이게 더 맛있더라고요."

파니 톳이니, 뭔지 잘 모르겠지만 무언가 선택해서 먹을 수 있다는 것 자체가 나와는 비교할 수 없는 환경이었다. 조금 부럽기는 했지만, 이렇게 먹을 걸 만들어 주니까 기분이 좋기는 하다.

타코야키가 노릇노릇 골고루 익을 수 있도록 막대기로 굴리고 있는 모습이 신기했다. 넋 놓고 그 광경을 보고 있는데 사장님이 말을 걸었다.

"이름은 있어요?"

"문-AT0914. 그게 내 코드 번호예요."

"문? 신기하다. 문이라고 불러도 돼요?"

"네."

"내 이름은 루나예요. 그거 알아요? 문과 루나는 다

달을 뜻해요. 그러니까 손님이랑 내 이름의 본질은 같다는 거죠."

루나의 말 덕분에 내 이름이 어쩌면 달에서 따온 건지도 모른다는 생각을 잠깐 했다. 밤하늘 위에 떠 있는 달. 해저도시 태양에서 어둠 속에 외곽을 빙글빙글 돌며 청소하는 문. 딸랑딸랑 소리에 맞춰 빙글빙글 돌아가는 타코야키. 여기서 달을 만난 건 운명 아닐까? 이런 어처구니없는 생각에 절로 웃음이 나왔다.

"신기하죠? 저도 신기해요."

그러나 내 이름은 그렇게 낭만적인 게 아니었다.

"A는 체형 A를 의미하고, T는 할당된 구획 이름. 숫자는 그동안 만들어진 청소부 숫자. 문은, 문어에서 따온 문이래요. 루나가 생각한 것처럼 그런 신기한 게 아니에요."

"문어요?"

잘 보일 수 있도록 희미한 빛 아래 팔을 내밀었다. 빨판을 떠올리자 팔의 색이 변하며 피부 아래의 빨판이 다닥다닥 올라왔다.

"문어라서 도구 없이 벽을 타고 위로 올라가 청소할 수 있어요."

루나가 내 팔을 만지려고 손을 뻗었지만, 나는 재빨리 팔을 내리고 빨판을 없앴다. 미련이 남았는지 계속 내 팔만 바라본 채 루나는 입을 열었다.

"다른 사람들은 이런 거 없었는데……."

"문어 세포를 융합했어도 이렇게 되는 건 드문 일이니까요. 아가미나 피부로 호흡할 수 있는 청소부도 있다는데, 여긴 물속이 아니니까 소용없죠. 아, 타코야키. 문어. 그러면 난 나를 먹는 건가요?"

"……괜찮아요. 문어는 문어를 잡아먹기도 해요. 배고프면 자기 다리를 먹기도 하고."

"그래도 안 죽어요?"

"시간이 흐르면 재생되거든요."

"신기하네. 루나를 만나지 못해 배고플 때, 내 몸을 먹으면 재생될까요?"

"음……. 문은 온전한 문어가 아니니까 안 그러는 게 좋겠어요. 배고프지 않게 앞으로 내가 타코야키 많이 만들어 줄게요."

"혹시 청소부가 에너지바 대신 음식을 먹었을 때 어떻게 되는지 실험하는 거예요?"

"아니, 그런 거 아니에요. 다른 사람은 몰라도, 문이 맛있는 음식을 따뜻할 때 먹으면 좋겠어서 그래요."

루나의 웃는 얼굴도 다정한 말도 다 좋아서 혹시 이게 꿈이라는 건가, 하는 엉뚱한 생각도 들었다. 나는 꿈을 꿀 수 있게 설계되지 않았는데도. 공장에서 태어나 정보를 입력할 때 말고는 이렇게 말을 많이 해본 것도 처음이었다.

"다 됐다."

루나는 커다란 접시에 타코야키를 착착 담더니 소스를 뿌리고 가쓰오부시를 넉넉하게 올려 내게 건네주었다. 접시를 내려다보니 가쓰오부시가 타코야키의 열기로 인해 하늘하늘 춤추고 있었다. 그걸 가만히 보고만 있자 루나의 웃음소리가 들렸다.

"신기해요?"

"네."

"먹어도 돼요."

"혹시 내가 죽거든……."

"죽지 않아요. 나는 문을 죽게 하지 않을 거예요."

처음 만난 사람이고 근거 없는 말인데도, 믿고 싶었다. 살아서 많이 노래하고 춤추고 싶었다. 빛나는 식물이 자라는 모습을 보고, 돔 너머 바다를 상상하고 싶었다.

손으로 한 알을 집자 뜨거움이 느껴졌다. 그래도 참을 수 있는 온도라 그대로 입에 넣었다. 한 번 씹자 뜨거운 반죽이 입안으로 흘러들었다. 본능적으로 호호 불며 입안의 열기를 식혔다. 태어나서 처음 먹는 따뜻한 음식이었다. 안에 있는 문어가 쫄깃했다. 씹으면 씹는 대로 부서지지 않는 게 신기했다. 달콤하고 따뜻하고 고소하고…….

눈물이 나올 것처럼 코끝이 찡하고 목이 메었지만 청소부는 눈물샘 없이 태어나서 눈물이 나오지 않았다. 대신에 눈물처럼 새어 나온 침과 함께 타코야키를 삼켰다.

에너지바는 매우 딱딱하고 버석거려서 입안에서 오래 씹으며 침하고 잘 섞어서 걸쭉하게 만들어야 먹을 수 있었다. 삼키고 나면 목구멍에서 올라오는 불쾌한 향이 희미하게 남는 음식이었다. 타코야키는 에너지바와 비교할 수 없는 맛이었다. 머리로 알고 있는 것과 실제로 먹어보는 것 사이에는 아주 큰 차이가 있었다. 너무 맛있어서 공포스러울 정도였다.

내가 이걸 한 개 더 먹고 나면, 앞으로 에너지바를 먹을 수 있을까? 한 알을 먹고 가만히 내려다보고만 있자 루나가 말을 걸었다.

"맛없어요?"

"맛있어요. 진짜 맛있어요. 또 먹고 싶을 만큼……."

"또 먹으면 되죠."

"다시는 에너지바를 먹지 못하게 될 것 같아요."

"걱정 마요. 내가 많이 만들어 준다고 했잖아요. 따뜻할 때 먹어야 맛있어요. 얼른 먹어요."

연약한 불빛 아래에서 웃고 있는 루나를 바라봤다. 너무 다정한 눈빛이라 나도 모르게 시선을 피했다. 수

상하고 이상한 사람인데, 싫지 않았다. 그게 더 이상
했다.

　하나, 또 하나⋯⋯. 천천히 접시 위에 있는 타코야키
를 씹어 목구멍으로 넘겼다. 삼킬 때마다 따끈한 무
언가가 몸 가운데를 타고 내려가는 느낌이 들었다.
몸이 가득 차서 무거웠다. 이게 배가 부르다는 거구
나. 텅 빈 접시를 내려다보다가 접시에 묻은 소스를
혀로 핥았다. 침이 너무 많이 나와 입 밖으로 흐를 것
같았다.

　"잘 먹어서 다행이에요."

　"보답하고 싶은데, 제가 가진 거라고는 이 옷뿐이에
요. 이거라도 벗어 드릴까요?"

　"옷을 주면 문은 뭘 입고요?"

　"알몸으로 다니면 되죠. 괜찮아요. 근처에 아무도 없
어요."

　루나는 제대로 된 옷을 입고 있었고, 이런 자루 같
은 옷이 필요 없겠지만 내가 보답으로 줄 수 있는 건
이것뿐이었다. 나는 아직 죽지 않았고, 방울 소리에 맞

춰 노래를 부르고 춤을 추었으며, 따뜻하고 맛있는 타코야키를 배부르게 먹었다. 이건 돔 벽에서 빛나는 식물을 발견했을 때처럼 기쁘고 행복한 일이었다. 어떻게든 보답을 하고 싶었다.

"괜찮아요. 맛있게 먹어준 것만으로도 충분해요."

"그래도……"

"아름다운 노래와 춤을 볼 수 있어서 기뻤어요. 그렇게 아름다운 건…… 바다가 이 모양이 되고 처음이에요. 그리고 내가 먼저 약속했잖아요. 계속 맛있는 걸 먹게 해주겠다고."

"정말요?"

"문은 내가 수상하지 않아요?"

"뭐가요?"

"해저도시에서 어떻게 이런 걸 타고, 타코야키를 만들 수 있는지. 이상하지 않아요?"

틀린 말은 아니었다. 나야 이걸 처음 봤을 때부터 뭔지 알고 있어서 먹었지만, 다른 청소부들은 먹으려 하지 않을 것이다. 오로지 에너지바만 먹고 살겠지.

"돔 안의 돔에 사는 사람이잖아요. 중간부가 궁금해서 나온 거 아니에요?"

"난 아주 가까운 곳에서 왔어요. 더 만들어 주고 싶은데, 지금은 재료가 없네요. 내일은 더 많이 만들어 줄게요. 내일 봐요!"

루나는 빠르게 움직여 정리하고 운전석으로 이동해 시동을 걸었다. 창밖으로 고개를 내밀어 싱그럽게 웃고 이내 사라졌다.

"내일이라니…… 내일이 언제인지 모르는데……."

오늘도 어제와 다를 게 없는 하루다. 눈을 떴는데 일어날지 더 잘지 고민했다. 늦잠을 잔다고 해서 뭐라 하는 사람은 아무도 없다. 예전에는 청소를 제대로 하는지 점검하는 사람이 따로 있었다고 하던데, 지금은 불시 점검으로 바뀌었다. 내가 살아오는 동안 한 번도 점검한 적은 없지만 말이다.

오늘은 오늘일까, 내일일까. 내가 얼마나 잤는지 알수가 없으니 오늘이 오늘인지 내일인지 모르겠다. 타코야키, 맛있었는데. 배가 터질 것처럼 먹었지만 배는 터지지 않고 죽지도 않았다. 몸에 흡수되지 않아 타코야키가 배 속에 계속 들어 있으면 어쩌나 하는 걱정도 했지만, 자고 일어나 배를 만져보니 평소처럼 쏙 들어가 있었다. 배출 기관도 없는데 다 어디로 간 걸까.

얼굴을 주무르고 팔도 만져봤지만 이상한 부위는 없었다. 몸이 멀쩡하니까 또 먹고 싶었다. 바닥에 누워서 고민하다가 자리에서 일어났다. 우선은 빛나는 식물을 보러 가자.

에너지바를 꺼내 오늘 치 분량을 깨물었다. 마르고 퍽퍽한 에너지바를 씹자 입에서 침이 흘러나오며 점점 질척해졌다. 이제 목구멍으로 넘기기만 하면 되는데 역한 느낌이 너무 강했다. 타코야키를 먹다가 들었던 예감이 맞았다. 나는 이제 에너지바를 먹을 수가 없었다.

고민하다가 집 밖으로 나가서 입안에 든 걸 뱉었다. 루나를 만나지 못하고, 무언가를 먹어야 할 때 에너지바가 필요할 수도 있었다. 그러나 더 일찍 죽을지언정 더는 이걸 먹고 싶지 않았다.

바로 일을 하러 나갔다. 어제 타코야키 트럭을 봤던 곳을 지나쳤지만 아무도 없었다. 아직 내일이 아닌가. 일하고 오는 길에 또 만날 수 있기를 바랐다.

몇 번을 더 자고 일어났는데도 루나를 만나지 못했다. 아무것도 먹지 못했지만, 나도 내 일을 해야 했기 때문에 부지런히 움직였다.

확실히 내가 공장에서 나와 처음 일할 때보다 물때가 단시간 내에 더 많이 생기는 게 분명했다. 돔 사정이 어려워져서 청소부의 수를 점점 줄인 건지 내가 맡은 구역이 공장에서 갓 나왔을 때보다 넓어졌다. 맡은 구역을 한 번에 다 청소하지 못해서 그런 건지 몰라도, 자석을 움직이면 무언가 덩어리가 떨어져 나가 물속을 둥실둥실 떠도는 게 보였다.

돔 벽 위편을 청소하기 위해 다리와 팔 피부 위로 빨판을 세우고 벽에 달라붙었다. 손으로는 자석을 잡고 다리와 팔을 돔 벽에 붙인 채 위로 올라갔다. 자석의 힘도 강했지만, 벽에 밀착한 빨판의 힘이 세서 떨어질 걱정은 없었다. 뒤를 돌아보자 돔 중심부가 보였으나 투명하게 만든 바깥 돔 벽과는 달리 안이 보이지 않았다.

돔 안의 돔은 어떤지 상상하려고 해도 사소한 힌트조차 없으니 매번 상상이 바뀐다. 저긴 환한 빛이 있어서 책을 읽을 수 있을 거야, 따뜻한 음식을 먹고 살 거야, 옛날에 태어난 사람이 죽지 않고 계속 살아 있을지도 몰라, 나중에 돔이 깨진다면 안의 돔만 둥실둥실 떠서 그 안의 사람들만 살아남을 수도 있겠지. 무슨 상상을 해도 다 좋은 것뿐이다.

돔은 아주 넓어서 높은 곳에 있어도 돔의 끝이 보이지 않는다. 가운데 있는 돔을 중심으로 높고 낮은 건물들이 계획도시처럼 깔끔하게 자리 잡고 있었다. 전기가 귀해 엘리베이터는 아예 만들지도 않았다. 그래서 돔 안의 돔에서 멀어질수록 건물 층수가 높아졌다. 계단을 오르내리는 걸 감수하고 살아야 하는 사람들이 있었으니까.

아주 가끔, 건물 창문에서 희미한 빛이 흘러나왔다. 책을 보고 있는 걸까? 그저 빛을 바라보고 있나? 옷이

나 음식을 만들고 있는 건지도 몰라. 홀린 듯이 그걸 보고 있으면 거기 있는 사람과 눈이 마주치기도 했다. 어떤 사람은 욕을 하고 어떤 사람은 무생물을 보듯 무시하기도 했다. 그럴 때는 조금 괴로웠다. 이런 생각이니 사색이니를 하지 못했다면 좋았을 텐데.

지금은 빛나는 창문이 없었다. 천천히 내려오는데 외곽 쪽에 희미한 빛이 보였다. 조용한 어둠 속 딸랑거리는 소리가 은은하게 들렸다. 타코야키! 나는 조급한 마음을 달래며 재빠르게 내려와 빛을 향해 뛰었다.

이번에는 조명이 은은해서 트럭 앞에 도착해도 눈부시지 않았다. 루나를 본 게 반가워 손을 방방 흔들자 루나가 웃으면서 반겨줬다.

"문, 오늘은 같이 트럭을 타고 돌아다녀볼래요? 앞에서 문이 먹고 있으면 다른 사람들도 호기심에 먹어볼 수 있을 것 같아요."

"다른 청소부들이 다 먹을 수 있을 만큼 많아요? 내 것도 있어요?"

"당연하죠. 문이 먹을 건 충분해요."

루나가 미리 만들어둔 타코야키를 건넸다. 그걸 소중히 든 채 트럭 조수석에 올라타자 루나도 운전석에 탔다. 희미한 조명이 트럭 앞을 비추고, 우리는 거침없이 달렸다.

나는 창문을 연 채로 타코야키의 냄새가 멀리멀리 퍼지길 바랐다. 실은 타코야키를 먹고 나서 죽게 된다고 해도 상관없었다. 청소부들이 다 죽는다면 새로운 청소부가 만들어지기 전까지 과연 누가 청소할까.

머릿속이 백지가 아닌 돌연변이로 태어난다는 건 꽤 곤란한 일이었다. 초창기의 청소부들은 육체 능력이 지금처럼 개량된 상태가 아니었기 때문에 두꺼운 돔 벽 너머의 자석을 움직여야 하는 청소를 매우 힘들어했다. 그 때문에 허리 어깨 무릎 목, 남아나는 곳이 없어서 3년 정도가 되면 쓸모없어져 처분하는 경우가 많았다고 했다. 어쩌면 우리의 수명이 최대 3년인 게 그때 혹사당한 세포의 기억 때문인지도 모르겠다.

간혹 반항하는 청소부, 다른 이들과 힘을 합쳐 시위하는 청소부가 있었다고 하지만 그 끝은 모두 수거되어 새로운 청소부의 재료가 되는 것뿐이었다. 도망갈 곳이 없으니까 잡히는 족족 공장에 들어가 새로운 청소부가 되고, 다시 모든 게 백지인 상태에서 시작해 청소만을 하고……. 나도 그랬다면 편했을까?

외곽 쪽으로 돌자 벽에 붙어 청소하고 있는 청소부가 보였다. 루나는 트럭을 세운 뒤 재빨리 타코야키를 만들고 나는 그 앞에서 타코야키를 먹었다. 청소부는 별 관심을 보이지 않고 청소만 하고 있었다.

"이게 뭔지 궁금하지 않아?"

"난 청소해야 해. 넌 청소 안 하고 뭐 해?"

"타코야키라는 건데, 따뜻하고 맛있어."

"그러면 안 돼. 우리는 에너지바만 먹어야 해. 안 그러면 고장 날 수도 있어."

"……내가 계속 먹어봤는데 괜찮았어. 멀쩡히 청소도 했는걸."

"나중에 이상해질 수도 있잖아."

청소부는 고집스럽게 말했다. 저게 맞는 반응이긴 했다. 청소부를 만드는 게 로봇을 만들고 관리하는 것보다는 훨씬 편하지만, 그렇다고 고장 나거나 죽으면 곤란하긴 마찬가지였으므로 태어나면서부터 자기 방어 본능이 학습된 상태였다. 애초에 이렇게 만들어졌으니까, 내가 이상한 거겠지.

나는 청소부를 붙잡고 알맞게 식은 타코야키를 입에 억지로 넣어주었다. 청소부는 뱉으려고 했지만, 입 안 가득 퍼지는 따뜻함과 달콤 짭짤한 맛에 침을 흥건하게 흘리며 입을 오물거렸다.

"침은 삼켜야지, 나중에 힘들어져."

"이상, 이상해……."

"이상한 게 아니라 맛있다고 하는 거야."

이렇게 먹지 않으려는 청소부들 한 명 한 명에게 타코야키를 입에 넣어주며 돔 외곽 지역을 모두 돌았다. 같은 시간에 모두 깨어 있는 게 아니니까 청소부의 수는 더 많을 거라고 생각하지만, 그래도 돔 벽을 청소하는 인원이 생각보다 적었다. 이것 자체가 정말 돔이 천천히 죽어가고 있다는 증거인 건지도 모르겠다.

우리는 꾸준히 외벽을 돌고 또 돌았다. 내가 깨어 있는 시간과 루나가 타코야키를 만드는 시간이 맞지 않아 못 만나는 때도 있었다.

루나는 이제 내가 없어도 타코야키를 만들어 다른 청소부들에게 나눠 준다. 타코야키가 익어가는 냄새, 방울이 딸랑거리는 소리만 들어도 근처에 있던 청소부들이 찾아온다. 바빠서 틀도 세 개 다 사용해야 한다.

청소부들은 이전에 에너지바만 먹고 살았던 게 믿기지 않을 만큼 많이 먹어서 이제 루나는 한 사람당 다섯 개씩만 나눠 주는 걸로 정했다. 모여 있는 사람들이 순서대로 다 먹고 남으면 더 먹을 수 있으니 청소부들은 타코야키 다섯 개를 먹었어도 돌아가지 않고 뒤에 다시 줄을 섰다.

타코야키 트럭이 나타나지 않더라도 청소부들은 외벽 청소를 뒤로한 채 트럭이 멈췄던 곳에 모여 줄을 서서 기다렸다. 타코야키 트럭이 나타날 때까지 계속.

루나가 나에게는 타코야키를 먹고 싶은 만큼 충분히 줘서 평소에 많이 먹기도 했고, 타코야키보다 빛나는 식물의 안부가 더 궁금하기도 해서 요즘엔 눈을 뜨자마자 내가 담당하는 외벽으로 갔다.

외벽을 따라 걷다 보면 이전에는 투명하던 벽이 눈에 띄게 지저분해진 걸 알 수 있었다. 나도 모르게 본능에 따라 자석을 들고 열심히 청소하다가 정신을 차리고 재빨리 빛나는 식물에게 달려간 게 한두 번이 아니었다.

루나는 외곽에서 중심부로 점점 이동하고 있었다. 청소부들은 외곽과 중간부 어중간한 구역을 떠돌며 타코야키의 냄새와 방울 소리를 기다렸다. 그러다가 냄새를 맡거나 방울 소리가 들리면 트럭을 향해 헐레벌떡 모여들었다.

청소부들이 모여서 뭔가를 먹고 있으니 중간부 사람들도 점차 몰려들어 타코야키를 먹기 시작했다. 청소부들이야 단순하니까 그렇다고 해도, 중간부 사람들마저 해저도시에서 타코야키를 만들어 나눠 주는 걸 이상하게 생각하지 않을 줄은 몰랐다. 아니면 이상한 걸 알아도 모른 척할 만큼 굶주려 있다는 뜻일 수도 있었다.

중간부 사람들도 청소부와 체형이 거의 비슷한데, 키는 대체로 중간부 사람이 더 컸다. 수명이 3년 이상이며 계속 성장하기 때문인 것 같았다. 그래도 중간부 사람이라고 따뜻하고 맛있는 음식을 먹는 게 아닌 듯했다. 모두 다 뜨거운 타코야키를 먹느라 정신이 없었다.

"당신은 무슨 일은 하나요? 나는 청소를 해요."

"……청소부가 호기심이라니. 불량인가?"

"안녕하세요, 이게 뭔지 알고 먹는 거예요?"

"아뜨뜨—! 몰라, 너무 맛있어, 더 먹고 싶어!"

내 질문에 대답하는 사람은 별로 없었다. 욕을 듣지 않으면 차라리 다행이었다. 노후된 건물을 관리한다거나, 식량 공장에서 일한다거나, 중심부 돔 외벽을 청소한다는 답을 겨우 들었을 뿐이다. 그게 바깥쪽 외벽 청소하는 일보다 더 대단한 일인가 보지, 하고 생각했다. 내가 하는 청소도 중요한 일인데. 그리고, 그리고 청소하는 것보다 더 중요한 일을 하고 있는데. 나도 모르게 입술을 꾹 깨물고 있으니 루나가 말을 걸었다.

"표정이 왜 그래요?"

"모르겠어요."

"타코야키 더 줄까요?"

"아니요. 내가 루나한테만 보여줄 게 있는데 같이 갈래요?"

내 말을 들은 루나는 타코야키를 더 만들지 않고 바로 트럭을 정리했다. 정리하는 걸 도우려고 했지만, 루나가 차 안에 있으라고 해서 앉아 있었다. 청소부들은 얌전히 입맛만 다시며 공터 주위에 퍼져 있었지만, 중간부 사람들은 아니었다. 그들의 감정이 격해지자 체온이 상승하는 듯했고 그 열기가 내 피부로도 느껴졌다.

"이봐, 기다리는 사람이 이렇게 많은데 그냥 가겠다고?"

"저런 청소부 말 신경 쓰지 말라고. 재료가 다 떨어진 것도 아닌데 더 만들지?"

"돔 안의 돔에서 재료를 훔쳐 와서 좋은 일 하는 거 맞죠? 그렇다면 조금만 더 베풀어줘요. 난 아직 못 먹었어요!"

사람들을 말려야 하는지, 루나에게 다음에 가자고 해야 하는지 알 수 없어 혼란스러웠다. 사람들이 트럭 주위를 감싸고 소리치는 통에 루나가 곤란할 것 같았다. 차에서 내리려고 안전벨트를 풀려고 했다. 갑자기 밖에서 뭔가 아주 환한 빛이 번쩍였다. 고개를 쳐들고 창밖을 보았지만 달라진 건 없었다. 그러나 어둠 속에서 생활하던 본능이 그건 빛이라고 말해주고 있었다. 잘 풀리지 않는 안전벨트를 잡고 낑낑거리고 있는데 루나가 차에 탔다.

"무슨 일이에요? 아까 빛이 반짝였던 거 맞죠? 조명을 밝힌 거예요? 그냥 가도 괜찮아요?"

"그럼요. 내 앞을 가로막을 수 있는 건 아무것도 없는걸요. 게다가 못 먹었다니, 저기 있는 이들은 모두 타코야키를 먹었는데. 거짓말이에요. 빛나지 않는 사람이 없었거든요. 자, 그럼 어디로 가야 하는지 알려줘요."

루나의 말을 전부 이해할 수는 없었지만, 루나가 괜찮다고 했고 사람들도 조용해져서 나는 길을 안내했다. 창밖으로 내다보니 모두 얌전히 자리에 앉아 있었다. 다른 곳으로 가지 않은 채 트럭이 다시 올 때까지 기다리고 있을 것처럼.

우리는 말이 되지 않는 가사를 지어 노래를 부르며 돔 벽으로 향했다. 내 집 근처를 지나 돔 벽을 옆으로 낀 채 천천히 나아갔다. 이 일대는 내 청소 구역이라서 깨끗했다. 돔 벽 위로 비치는 내 모습에 손을 흔들었다.

"여기는 깨끗하네요."

"내 구역이거든요. 눈뜨면 바로 청소하고 루나한테 가는 거예요."

"보여줄 게 이거예요? 깨끗한 돔 벽?"

차 안은 어두웠지만 루나의 표정이 보이지 않는 건 아니었다. 루나는 무표정하지만 다정하게 말했다. 이런 루나의 표정은 처음이라 보이지 않는 무언가에 몸이 찔리는 느낌마저 들었다.

"아니요. 내려서 걸어가요."

시동을 끄고 내려서 걸었다. 가는 중간중간 물때가 보였지만 자석이 근처에 없어 청소할 수가 없었다. 게

다가 루나는 내가 청소하는 걸 좋아하지 않는 것 같아 말을 꺼낼 수도 없었다. 빨리 보여주고 돌아와 청소해야겠다는 생각에 발걸음을 재촉했다.

루나는 성큼성큼 잘 따라왔다. 생각해보니 루나와 나란히 걷는 게 처음이었다. 키는 나보다 컸고 머리카락도 길었다. 나풀거리는 머리카락에 정신이 팔려 손을 내젓다가 루나의 팔에 스치고 말았다. 나를 내려다보는 시선에 괜히 움츠러들었는데, 루나는 웃으면서 아무렇지 않게 내 손을 잡았다. 마음 어딘가가 간질간질했다.

"청소부로 사는 건 어때요?"

"잘 모르겠어요."

"왜요?"

"다른 삶이 어떤지 알지 못하니까요."

"돔 안의 돔을 궁금해했잖아요. 같이 가볼래요?"

"괜찮아요. 거기 가면 이걸 보지 못할 거예요."

나는 돔 벽 너머를 가리켰다. 빛나는 식물은 어느새 손바닥만 한 크기로 자라 있었다. 그 옆에는 더 작은 크기의 식물이 가족처럼 무리를 이루고 있었다.

"이건……."

루나는 천천히 걸어 돔 벽 앞에 서서 얼굴을 바깥으로 고정하고 있었다.

"신기하죠? 예전에는 손톱만 한 크기였는데, 벌써 이만큼 자랐어요."

"왜 청소 안 했어요? 문은 청소부잖아요."

루나의 목소리가 떨렸다. 감격스러운 건지, 화가 난 건지 구분할 수가 없었다.

"난 물때를 제거하는 청소부지 생명을 없애는 청소부가 아니에요."

"이런 걸 없애려고 청소부가 있는 거 아니에요? 이거 때문에 돔 벽에 문제가 생기면 어떻게 할 거죠? 이 안에 사는 사람들이 다 죽으면요?"

루나의 말을 들으니까 몸이 살짝 떨렸다. 이게 무섭다는 감정인 걸까? 루나도 좋아할 줄 알았는데……. 값을 매기지 못할 귀한 식량을 대가도 받지 않은 채 많은 사람에게 나눠 주는 행동을 보며 루나는 다른 사람들과 다를 거라고 생각한 게 잘못이었을까.

"하지만 이런 게 생긴 건 처음이란 말이에요. 바다가 살아나고 있다는 증거인지도 모르잖아요……."

루나는 무표정하게 나를 바라봤다. 아주 무섭고 거대하고 강한 무언가가 내 앞에 있는 것 같았다. 떨렸지만 두 주먹을 꽉 쥐고 루나를 바라봤다. 루나의 눈이 기묘하게 휘어지는 듯하더니 돔 벽 바깥에서 자라는 식물을 힐끗 보고는 순식간에 떠나버렸다. 트럭도 두고 어둠 속으로 사라졌다.

눈물이 찔끔 나올 것처럼 눈가가 아려왔지만 침만 줄줄 나왔다. 침을 한 방울도 흘리지 않고 삼키며 벽 너머에서 식물을 계속 쓰다듬다가 노래를 불렀다. 나도 모르게 풀썩 쓰러져 잠이 들 때까지 계속.

타코야키 트럭은 계속 내 청소 구역 안에 서 있었다. 청소부와 중간부 사람들은 타코야키를 찾아 돔 외곽을 어슬렁거렸으나 빈 트럭만 발견하고 실망하거나 화를 냈다. 이들에게 빛나는 식물의 존재가 들킬까 조마

조마했으나 트럭에 모든 관심이 쏠린 덕분에 그런 일은 없었다. 다행이었다.

이 넓고 닫힌 공간에 따뜻하고 맛있는 타코야키가 있다는 소문이 퍼지는 건 한순간이었다. 중심부 사람들은 루나가 자신들의 식량을 훔쳐서 타코야키를 만드는 게 아닌지 조사하려고 했다. 루나가 어딨는지 수색하며 돔 안에 남은 식량을 확인했다. 중간부 건물에도 식량을 보관했는지 나와서 개수를 하나하나 세어본 후, 곧 중심부로 옮길 예정이라고 했다. 그렇게 많이 있던 거면 나눠 먹지…….

돔 안의 돔에서 이렇게 다양한 사람이 살고 있는지 처음 알았다. 얼굴에 주름이 자글자글한 사람, 키가 내 허리를 겨우 넘기는 사람, 가슴이 큰 사람, 어깨가 넓은 사람……. 저렇게 다양한 생김새와 체형의 사람을 만들려면 틀을 아주 많이 만들어야 할 텐데. 돔 안의 돔에서는 인간을 공장에서 만드는 게 아니라 몸을 통해 아기가 태어난다는 게 사실인 것 같았다.

이참에 돔 안의 돔, 중심부 사람들은 구역을 정해 하

나하나 체계적으로 조사하는 것 같았다. 게으름을 부렸던 청소부들은 일찍 폐기당할까 부랴부랴 청소하고 있었지만, 물때는 어느새 두껍게 쌓여 제대로 제거되기 어려울 정도였다.

나는 평소에도 청소를 잘해두었기 때문에 돔 벽은 걱정 없었으나 문제는 빛나는 식물이었다. 물때가 많이 생긴다고 해서 돔 벽에 어떠한 충격을 줄 수 있는 건 아니지만, 식물은 달랐다. 뿌리를 내리고 자라다가 어쩌면 돔 벽에 금을 낼지도 몰랐다. 걸리기 전에 자석청소기로 밀어버리면 되는데, 차마 그럴 수 없었다.

루나가 사라진 후로 아무것도 먹지 못해서 내 몸은 서서히 말라 죽어가고 있었다. 식물을 청소하지 못한 걸 들켜봤자 아주 조금 더 빨리 폐기될 뿐이었다. 나는 이러나저러나 죽을 테니, 빛나는 식물이 조금이라도 더 살았으면 좋겠다.

이제 곧 중심부 사람들이 내가 맡은 구역으로 올 예정이었다.

중심부 사람들이 루나를 잡으려는 줄 알았는데, 들리는 말로는 타코야키를 더 먹고 싶어서 찾는 거라고 했다. 모습을 감춘 뒤에도 루나는 중심부에서 타코야키를 만들고 있었던 걸까? 트럭은 여기 있는데, 어떻게 돌아다닌 거지? 돔 안의 돔은 좁으니까 차를 타지 않아도 됐던 걸까?

중심부 사람들의 입맛까지 사로잡다니, 루나는 대단했다. 해저도시 태양에 존재하지 않던 달이 된 것 같았다. 루나는 이곳에서 많은 사람이 찾는 유일한 존재가 되었다. 이제 나 같은 건 생각나지도 않겠지.

뜬눈으로 바닥에 누워 있다가 몸을 일으켰다. 먹지 못한 에너지바를 공장에 반납할까 하다가 한쪽에 잘 보관해두었다. 돔 벽을 거울 삼아 보며 손에 침을 발라 머리를 정돈했다. 돔 벽에 비치는 내 모습이 창백해 보였고, 금방이라도 흐물흐물 녹아 없어질 것 같았다. 그러다가 문득 깨달았다. 오늘이 나의 마지막 날이구나.

마지막으로 돔의 모습을 보고 싶어서 걸어가는 대신 벽에 붙어 가기로 했다. 빨판을 만들어 벽에 붙은 채 이동하는 동안 돔 안의 돔에서 사람들이 나오는 게 보였다. 이상했다. 마치 돔 벽에서 자라고 있는 빛나는 식물처럼 다들 은은한 빛을 내뿜고 있었다. 모두 빛이 나니까 이상한 걸 못 느끼는 건가? 눈을 비벼도 보이는 건 똑같았다.

내 몸을 내려다봤지만, 나는 그대로였다. 나만…… 나만 이상한 건가? 원래 다 빛이 났는데 나는 이제 곧 죽게 될 몸이라서 빛나지 않는 걸까?

몇몇 사람은 내 구역 쪽으로 걸어오고 있었다. 저들이 오기 전에 한 번이라도 더 빛나는 식물을 보려면 서둘러야 했다. 벽에 붙어 가는 것보다 달려가는 게 더 빠를 것 같아 재빨리 내려와 뛰기 시작했다.

거의 다 왔는데 희미하게 불이 들어온 트럭이 보였다. 다른 사람들이 시동을 켜려고 해도 성공한 적이 없었는데 누가 한 거지? 벌써 여기까지 중심부 사람이 온 걸까? 들키지 않기 위해 골목으로 돌아가려는데, 방울 소리와 함께 익숙한 냄새가 났다.

"루나!"

"문, 왔어요?"

트럭 위에서 루나가 날 반갑게 맞아주었다. 루나도 몸에서 빛이 나지 않았다. 저번에는 아주 무서웠는데, 지금은 환하게 웃고 있었다. 눈가가 아리면서 침이 고였다. 내가 침을 꿀꺽꿀꺽 삼키자 배가 고파 그런 거라고 생각했는지, 조금만 기다리라며 루나가 열심히 타코야키를 뒤집었다.

"그동안 잘 지냈어요?"

"잘…… 잘 못 지냈어요. 나한테 화난 건 풀렸어요?"

"화 안 났어요."

"그날 그냥 가버렸잖아요. 표정도 무섭게 하고……."

"그때 그렇게 가버려서 미안해요. 문을 만나서도 그랬지만 문이 소중히 지켜온 걸 보니까 빨리 일을 끝마쳐야겠더라고요. 그래서 그동안 못 온 거예요."

"그럼 해야 할 일은 다 했어요?"

"네. 문 덕분에요. 타코야키도 완성됐다. 뜨거우니까 천천히 먹어요."

타코야키를 받자마자 호호 불어 식히고는 입에 넣

었다. 왠지 문어가 예전보다 더 탱글거리고 반죽이 더 맛있는 느낌이었다. 침이 입안 가득 고이다 못해 입가로 흘러내렸다. 손등으로 닦았는데도 침이 멈추지 않았다.

"돔 안의 돔 사람들이 루나를 찾고 있는 건 알아요?"

"알아요. 그 사람들은 내가 계속 거기 머물면서 타코야키를 만들어 주기를 바라더라고요. 내가 싫다고 했더니 날 가두려고 했어요. 날 가둘 수 있는 건 아무것도 없는데."

"루나가 만든 게 너무 맛있어서 그랬나 봐요. 그럼 이 해저도시 안에 있는 모든 사람이 타코야키를 먹은 거예요?"

"네. 한 명도 빠짐없이 다 먹었어요. 그동안 못 온 만큼 이제 문한테만 많이 만들어 줄게요."

"마음만 받을게요."

"왜요?"

"난 오늘이 끝이에요. 이제 죽어서 새로운 청소부의 재료가 될 거예요. 루나, 미안해요. 나는 마지막까지 빛나는 식물을 없애지 못하겠어요. 내가 죽으면 루나가 나 대신 그 식물을…… 청소해줄래요?"

"그렇군요……. 시간이 이렇게 흐른 줄 몰랐어요. 괜찮아요. 이제 다 먹었으니까, 걱정하지 않아도 돼요."

어느새 빈 접시였다. 해저도시에 사는 사람이 타코야키를 다 먹어서 괜찮다는 걸까, 내가 이걸 다 먹어서 괜찮다는 걸까. 예전에는 스무 개를 먹어도 부족했는데, 지금은 아홉 개만 먹어도 배가 불렀다. 죽을 때가 되니까 배가 금방 차는 것 같았다.

무언가가 희미하게 갈라지는 소리가 들렸다. 뒤를 돌아보자 빛나는 식물이 어느새 더 무성해져 있었다. 돔 벽 바깥에서만 자란다고 생각했는데 아니었다. 뿌리가 돔 벽을 뚫고 점점 자라나 들어오고 있었다.

"자, 이리 와요."

루나는 내 손을 잡고 트럭으로 이끌었다. 옆자리에 날 태우고 운전석에 앉은 후 빠르게 출발했다. 단 한 번도 들어보지 못한 물방울 떨어지는 소리가 들렸다. 차창을 열고 뒤를 돌아보자 돔 안으로 비집고 들어온 빛나는 식물 뿌리를 타고 바닷물이 똑똑 바닥으로 떨어지고 있었다.

"어…… 어어……?"

한 방울씩 떨어지던 물이 물줄기가 되고, 작은 틈이 돔 전체로 퍼지는 금이 되는 건 한순간이었다. 트럭을 타고 어딘가로 가는 동안 여러 사람과 마주쳤다. 청소부와 중간부 사람, 중심부 사람 모두 트럭을 보자마자 뒤쫓아 달려왔다.

"타코야키!"

"맛있는 거!"

"거기 서!"

그러나 트럭은 빨랐고 사람들은 트럭을 따라잡을 수 없었다. 파도는 트럭보다는 느렸지만, 사람들이 달리는 속도보다는 빨랐다. 물에 휩쓸린 사람들은 처음 맞는 상황에 당황해서 팔다리만 허우적거릴 뿐이었다.

늘 무기력하게 아무 말 없이 청소하고 타코야키를 먹던 어느 청소부는 물속에서 아가미 활용법을 깨우쳤는지, 바닥에 누워서 생전 처음 보는 환한 웃음을 짓고 있었다. 난 빨판밖에 없는데…….

"우리 어디 가는 거예요? 돔 중심부? 진짜 돔 안의 돔
은 안전지대예요? 거기만 똑 떨어져서 다른 곳으로 갈
수 있어요?"

"살고 싶어요?"

사람들의 비명이 돔 곳곳에서 울려 퍼졌다. 악을 쓰
는 소리, 흐느끼는 소리, 욕설, 웃음소리…… 갖가지
소리는 파도 소리에 묻혀 허무하게 사라졌다. 나 때문
에 모두 죽는다는 생각이 들었지만 죄책감이 생기지
는 않았다.

"아뇨, 전 곧 죽을 텐데요."

"혹시 혼자 죽는 게 억울해서 내버려둔 거예요?"

"그런 거 아니에요. 나는 돔 안의 생명을 지키기 위해
서 돔을 청소해요. 근데 돔 밖에 물때가 아니라 식물이
자라는 걸 보니까…… 지켜주고 싶었어요. 그것도 생
명이잖아요. 그것도 무척이나…… 그래요, 사랑스러운.
사랑스러운 생명이에요. 죽일 수 없었어요. 이런 내가
원망스러워요?"

"아니요. 너무, 너무 멋있어요."

"중심에 살 방법이 있으면, 얼른 가요. 나는 늦었지만 루나는 살아야죠."

"그래서 가는 거 아니에요."

"그럼요?"

"다 부수려고 가는 거예요."

도시 외곽 쪽에서는 물살이 너무 세고 빠르게 흘러와서 사람들이 이미 허우적거리던 중이었는데, 중심부로 갈수록 물이 덜 차오른 상태라 앞으로 나아가는 게 수월했다.

사람들은 잠수함으로 가야 한다며 서로를 떠밀고 잡아당기고 넘어뜨리고 있었다. 멀리서 볼 때는 태양의 형상이라고 생각했는데 비상 탈출용 잠수함 같은 거였나 보다. 중심부에는 저런 것도 있었구나.

그런데 저걸 타고 어디로 갈 수 있을까. 다른 돔? 다른 돔에 들어갈 방법이 있나? 거기서 사람들을 받아줄까? 잠수함을 타고 바닷속을 떠다니다 결국 죽는 게 아닐까?

자기를 닮은 작은 아이도 내팽개치고, 쭈글쭈글한 인간도 넘어뜨리고, 자신만 살겠다고 달려가는 인간을 보니까 내가 무엇을 위해 태어났나 하는 생각이 들었다.

우리는 트럭에서 내려 손을 잡고 걸었다. 무릎 아래 찰박거리는 물의 느낌이 신기했다. 서늘하고 따뜻하고 무섭고 경쾌했다. 그래도 마지막에 루나랑 있어서 다행이었다. 잡고 있는 손에 힘을 주는데 뭔가 이상했다. 미끈거리고 축축한 것이 만져졌다. 손이 물에 닿은 적은 없는데 왜 이러지? 의아해서 옆을 돌아봤더니, 루나가 다른 모습을 하고 있었다.

루나의 상체는 그대로였는데, 다리가 아주 크고 길어져 있었다. 미끈거리고 축축해 보이는 다리가 여럿이었다. 루나의 다리는 매우 크고 통통해서 돔 안에 있는 모든 사람의 배를 채울 수 있을 것처럼 보였다. 그러나 하나, 둘, 셋, 넷, 다섯. 이상했다. 더 많아야 할 것 같은데 다섯 개뿐이라니. 그 순간 그동안 먹은 타코야키에 든 문어가 루나의 다리였다는 걸 깨달았다.

루나의 다리가 얼마나 큰지 내 몸을 휘어 감고도 남아 다른 사람들의 접근을 차단하고 있었다. 물살에 휩쓸린 사람들은 갑자기 나타난 무언가를 잡고 버티려고 했으나, 다리가 한번 꿈틀거리자 그대로 우수수 떨어졌다.

나를 휘어 감은 다리에는 빨판이 있었다. 나도 모르게 피부 위로 빨판을 만들었다. 내 것과 비교하니 무척 크고 아름다웠다. 나를 감고 있었지만 옥죄는 것은 아니라서 자유롭게 움직일 수 있었다. 손을 뻗어 다리를 매만지자 간지러움을 타는 것처럼 빨판이 수축과 이완을 반복했다.

루나는 다리를 천천히 움직여서 나를 자신의 코앞으로 데려왔다. 루나의 눈동자가 까맣게 반짝거리고 있었다. 돔 벽 너머로 보는 바다보다 더 까매서 빨려 들어갈 것 같았다. 너무 예뻐서 가슴이 두근거리고 몸에 열이 오르는 듯했다. 나도 모르게 두 팔을 하늘로 뻗어 하늘하늘 움직였다. 루나의 눈동자에 춤을 추고 있는 내가 비쳤다. 그런 나를 보며 루나가 웃었다.

"이렇게 됐는데도 후회 안 해요?"

"네……."

두 눈을 감자 서로의 입술이 맞닿았다. 입안으로 들어오는 혀가 서늘하고 미끌거렸다. 무언가 목 안으로 넘어가는 것 같았는데, 아랑곳하지 않고 루나의 목을 끌어안았다. 내 팔이 점점 길어지는 게 느껴졌다. 우리의 팔 혹은 다리가 서로 얽히고설켜 한 몸처럼 달라붙었다.

부서진 돔 벽 너머로 갖가지 물고기가 들어와 헤엄쳤다. 물결 따라 씨앗도 들어왔는지 산호와 해초도 서서히 자라났다. 우주에서 반짝이는 별이 만들어졌다가 죽고 새로운 생명으로 탄생하는 것처럼, 어두운 바닷속에서 빛과 함께 인간들이 자신의 몸을 벗어 던지고 물고기, 거북이, 고래, 조개, 산호, 말미잘로 변하고 있었다. 물이 점점 들어와 목 끝까지 차올랐다. 물속에 있는 몸이 자유롭게 느껴졌다. 곧 얼굴 위로 물이 차오르겠지.

돌이 부서지는 소리가 들린다. 우리는 다른 돌도 부수어 인간으로 인해 죽은 바다를 인간을 통해 되살릴 것이다. 루나의 다리가 새로 자라나는 동안 내 다리를 써도 되겠지.

온 세상이 바다로 가득했다.

우리는 향기 나는 꽃과 울창한 초록색 나무들, 그 아래를 뛰어노는 네발 달린 짐승이 있는 마른땅에서 물에 잠긴 땅으로 들어와 살기 시작한 인간의 후손이다. 회색빛 건물, 돈이 될 만한 자원을 채굴하기 위해 쓰는 에너지, 거기서 나오는 열, 사람들이 쓰고 버리는 플라스틱 제품 등으로 마른땅과 그 위에 사는 모든 생을 뒤로한 채 바닷속으로 들어왔다고 했다.

바다는 인간을 품에 안았다. 덕분에 인간들은 예전과 같은 모습으로 바닷속에서 숨 쉬고 걷고 헤엄쳤다.

바다는 언제나 아름답고 고요하며 거세고 찬란하며 사랑스러웠다. 가만히 서서 눈을 감으면 온몸을 감싸는 감각과 함께 살아 있다는 안온함이 느껴졌다.

그러나 눈을 뜨면 아직도 예전 인간들의 흔적이 보였다. 플라스틱으로 만든 빨대와 텀블러, 투명한 유리병, 복숭아가 그려진 캔, 때때로 해파리처럼 날리는 비닐봉지, 솔이 잔뜩 벌어진 플라스틱 칫솔…….

우리는 이것들을 차곡차곡 모았다. 비닐봉지나 커다란 장바구니에 쇼핑을 하듯 예쁜 조개껍데기와 화장품 용기를, 거북이 등딱지를 닦아주기 좋은 커다란 솔과 물살 따라 한들거리는 옷을 담고 각자 자신이 모아두는 장소에 보관했다. 예전 인간을 이해하기 위해 따라 한 행동이지만, 바다를 죽이는 것들을 이렇게 사고 또 샀다니 우리 중 누구도 진심으로 이들에게 공감할 수는 없었다.

목에 비닐봉지를 휘감은 채 바다를 헤엄치는 바다거북, 유리병을 보금자리 삼은 문어, 플라스틱 고리에 낀 채 자라나 몸이 기형적으로 잘록한 돌고래……. 다른 생에 상처를 주는 걸 이렇게도 많이, 아주 많이 만들다니 믿을 수가 없었다.

우리는 아직도 이전의 인간과 같은 형체를 가지고 있기 때문에 손이 있었다. 목에 걸린 비닐봉지를 빼 그 안에 유리병과 플라스틱을 담기 시작했으며, 그게 지금까지 이어져 무언가를 줍고 모으는 게 우리의 본능이 되었다고 알고 있다. 각자의 성격이 다르기 때문에 주로 모으는 품목도 다르긴 했지만 말이다.

나는 반짝거리는 걸 좋아해서 별처럼 생긴 장식품, 꽃이 담긴 플라스틱 상자 등을 주웠다. 예전에는 호피 무늬 치마, 동물의 가죽으로 만든 가방, 물살에 휘날리는 커튼, 알 수 없는 단어가 적힌 티셔츠 등이 많았다는데 시간이 지나면서 이러한 소재의 물건들은 다 사라졌다고 했다. 이 또한 전해지는 이야기다.

"그들은 왜 이렇게 많은 옷을 샀을까요?"

"글쎄. 그건 모르겠지만 옷으로 만든 산은 아주 많았어. 그 산이 점점 낮아지고 하나씩 사라질 때마다 우리는 안도했지. 물살이 거센 날이 오면 무너져서 바닷속을 떠도는 걸 다시 모아야 했거든. 그리고 보니 이제 곧 '그날'이 오겠구나."

바닷속에서는 시간 가는 걸 알아차리기 어려웠다. 친하던 문어가 알을 낳고 죽거나, 새끼 돌고래가 자라서 새끼를 낳았을 때나 시간의 흐름을 느꼈다.

평소에는 그저 바닥을 걷거나 헤엄치면서 발견한 것들을 줍고, 돌고래와 함께 먼 곳에 있는 옛 문명의 흔적들을 탐험했다.

창문이 아주 많은 배, 머리에 뿔이 달린 말 모형, 안이 다 비치는 건물, 바위가 깨진 듯한 모습의 무너진 건축물. 이제 우리는 절대 만들 수 없는 것들을 보면서, 이런 기술로 무엇을 했기에 이렇게 마른땅을 전부 잃어버린 건지 궁금했다.

돌고래 무리와 함께 새로운 곳으로 향했다. 물살이 이따금 거세지는 걸 보니 크리스마스가 머지않은 것 같았다. 이번 크리스마스에는 눈이 얼마나 내릴까. 그동안 모았던 것들이 이미 많이 녹아내렸지만, 아직도 사라져야 할 것이 많았다. 이전의 전의 전의…… 우리들이 쓰레기를 주워 모았지만 아직도 많았다.

바다에 떠다니는 것도 많고, 바닥에 박혀 있는 것도

많았다. 물론 우리보다 거대한 것들은 어떻게 하지 못하지만 지나가던 고래를 만나면 무너뜨려달라고 부탁하기도 한다. 큰 것보다 작은 것들이 더 사라지기 쉬우니까.

돌아다니다가 거대한 금속 인형 전체가 바위와 뒤섞인 채 빛나는 이끼로 뒤덮인 곳을 발견했다. 그 사이에 파묻혀 있던 별 모형도. 품에 다 안지 못할 만큼 큰 별 역시 이끼 덕분에 노란색으로 반짝반짝 빛났다. 실제로 별을 본 적은 없지만 만약 봤다면 정말 이렇게 생기지 않았을까? 이번 크리스마스트리 꼭대기에 올라갈 건 이 별이 틀림없었다.

그동안 모은 유리 물건들을 들고 물살이 아주 거센 골짜기로 향했다. 나보다 몸집이 더 큰 바다거북이 옮기는 걸 도와주었다. 골짜기는 겉으로 보기에는 아주 고요하나 안으로 들어가면 빠져나올 수가 없는 곳이었다. 우리가 유리를 하나둘씩 꺼내 골짜기 아래로 던지자 끝이 보이지 않는 아래로 천천히 떨어졌다. 유리는 오랫동안 변하지 않기 때문에 물살을 통해 갈리고 또 갈려야 했다.

때때로 골짜기 아래서 위를 향해 물살이 치솟아 오를 때 가벼운 유리 알갱이가 튀어나와 바다로 흘러갔다. 바다에서 속이 비치는 반짝반짝하고 예쁜 돌이 있으면 그건 다 유리라고 보면 됐다. 그것들은 시간이 흐르면 점점 더 작아질 것이다. 모든 건 바다의 뜻에 맡기면 되었다.

보금자리로 돌아오는데 물살이 심상치 않았다. 하얀 눈이 저 위에서 모습을 드러냈다가 다시 수면 위로 올라가고 있었다. 바다 위를 떠다니던 스티로폼이었다.

해류가 바다 표면부터 깊은 바닷속까지 휘젓는 시기가 오면 하얀 알갱이가 바닷속에 가득했는데 그게 마치 눈처럼 보였다. 온 바다가 뒤섞인 후 더 깨끗해지는 걸 본 뒤로 우리는 어느 순간부터 눈이 내리는 날을 크리스마스라고 불렀다.

이전 크리스마스보다 이번에 더 적은 눈이 오기를, 거센 물살을 통해 죽은 바다가 살아나기를, 크리스마스의 기적이 오기를 우리는 바라고 있었다.

등딱지 위에 자리를 잡고 엎드리자 바다거북이 빠른 속도로 헤엄쳤다. 벌써 장식할 물건을 품에 안은 채 크리스마스트리로 가고 있는 사람도 있었다.

나도 얼른 보금자리로 돌아가 빛나는 별을 챙겼다. 주위를 둘러보니 저번에 같이 갔던 이들이 각자 반짝이는 걸 챙겨 담는 게 보였다. 우리는 서로를 향해 웃고는 트리로 향했다.

별 모형을 품에 안고 조심스럽게 걸어가고 있을 때 다른 친구들과 놀고 온 돌고래가 나와 함께 트리를 향해 헤엄쳤다. 눈은 더 깊은 곳에서 내렸다가 위로 솟구치기를 반복하고 있었다. 조금 있으면 눈이 바닥까지 닿을 것 같았다.

크리스마스트리로 가는 길은 험했다. 커다란 바위와 바위에 붙어 있는 조개들, 바위에서 자라는 해초와 말미잘, 그 안에 사는 물고기들까지. 평탄한 길에서는 걸으면 됐지만, 바위밭에서는 헤엄쳐 가는 게 훨씬 빠르고 안전했다. 돌고래는 바위밭이 보일 때부터 이미 위쪽에서 헤엄치고 있었다.

무릎을 살짝 굽혔다가 바닥을 박차고 위로 솟아오르자 돌고래가 다가와 자신의 지느러미를 내밀었다. 나는 한 손으로는 별을, 한 손으로는 돌고래를 붙잡은 채 바위밭 위를 지났다. 주황, 노랑, 빨강, 보라, 연두, 초록, 검정 등 바위를 뒤덮은 색색의 작은 동식물들이 꽃처럼 보였다. 그래서 바위밭의 다른 이름은 꽃밭이었다.

이쪽은 아주 다양하고 작은 생명들이 살고 있었기 때문에 크리스마스가 아니면 얼씬도 하지 않았다. 이번 크리스마스가 지나면 꽃밭이 더 커질 것 같아 기대됐다. 어디선가 물살이 빠르게 지나갈 때마다 바위밭 위의 생명들이 몸을 눕히거나 집 안으로 쏙 들어갔다가 나왔다.

어느새 하얀 산호밭이라 아까보다 더 조심해서 앞으로 나아갔다. 고개를 드니 아주아주 큰 산호 트리가 보였다. 수십 수백 개의 가지를 뻗은 채 딱딱하게 굳은 산호였다.

우리는 우리가 우리일 때부터 바닷속에 스티로폼 눈이 내릴 때마다 이 산호를 크리스마스트리 삼아 크리스마스의 기적을 바라며 이곳에 모이고 있었다. 우리는 점점 더 거세게 흩날리는 눈 속에서 각자가 든 물건들을 살폈다.

"네가 가져온 게 이번 크리스마스의 별이구나. 꼭대기에 올려놓으렴."

'바다가 더 깨끗해지게 해주세요. 산호 트리가 다시 살아나게 해주세요.' 이렇게 속으로 간절히 바라면서 두 발로 힘차게 바닥을 차고 조심스레 발을 구르며 위로 떠올랐다.

산호 트리 꼭대기에 도달해 별을 올려놓았는데……. 굳어버린 산호 끝이 움직이는 게 보였다. 발장구를 칠 생각도 못한 채 점점 바닥으로 내려오면서도 시선은 산호 끝에 고정했다. 하얀 눈이 바닥에 내려앉았다가 떠오르는 그 사이에 죽은 줄 알았던 산호 트리 끝에서 하늘거리는 촉수가 별을 만지고 있었다.

"크리스마스의 기적……."

촉수가 하나둘 튀어나와 별을 휘감았다. 산호 트리의 끝부분이 점점 노란빛으로 물들고 있었다.

미래를 색칠하는 파국과 환상

심완선

1. 유토피아로의 망명

어슐러 K. 르 귄은 판타지를 '유치하다'며 배제하는 태도는 "자신이 무력하며 노쇠한 사람이라고 고백하는 것이나 다름없다"[1]라고 썼다. 그런 사람들은 자신이 아는, 믿는 세계가 흔들릴까 두려워한다. 판타지는 불가능을 묘사하며 그들이 몰아내려 했던 미지를 자유롭게 풀어놓는다. 현실과 다른 법칙의 세계를 제시하여 기존 법칙에 대한 회의감을 자극한다. 판타지는 합리적 이해가 실패한 공간에서 태어난다. 그리고 "우

---

[1] 어슐러 크로버 르 귄, 〈자가 제작 우주관〉,《밤의 언어》, 조호근 옮김, 서커스, 2019, pp. 294~295.

리는 육체와 분리된 물거품이 될 수 없기 때문에 지성은 언제나 패배하기 마련"이므로 "다른 방식 중 하나가 그 자리를 차지해야 한다."[2]

흔히 판타지를 도피적이라고 평하지만, 환상문학의 거장인 J. R. R. 톨킨은 판타지가 하는 일은 도망이 아니라 낡은 실존에서 탈출(escape)하는 것이라며 이를 환상의 주요 기능으로 꼽는다.[3] 탈출은 매우 실용적이며 심지어 영웅적일 수 있다. 감옥에 갇힌 이가 벽 너머를 상상하며 집으로 가려는 것은 당연한 일이다. 게다가 감옥 바깥을 육안으로 보지 못한다고 하여 바깥세상이 사라지지는 않는다. 환상은 현실보다 진실을 보는 인식 방법이다. 판타지의 비-현실은 초-현실이고, 리얼리즘보다 폭넓은 모습으로 펼쳐지는 현실이다. 우리는 판타지에서 우리 자신을 발견한다.

판타지가 작동하는 방법은 환상의 세계를 불가능한 모습 그대로 서술하는 것이다. 환상은 현실의 법칙을

---

2 〈SF 속의 신화와 원형〉, 같은 책, p. 179.
3 J. R. R. Tolkien, "On Fairy-Strories", *Tree and Leaf*, 1964 참조.

역전시킨다. 이는 외삽이 아니라 반전이고, 추론이 아니라 거부이다. 판타지는 설명하지 않고 도약한다. SF와 달리 판타지에서는 작품 속 설정이 실현될 가능성이 있는지는 중요치 않다. 그런 점에서 《해저도시 타코야키》는 매우 환상적인 소설이다. 소설은 우리가 가야 할 유토피아를 묘사하는 데 충실하나, 그곳으로 가는 길이 합리적으로 설명되지는 않는다. 빙하가 녹고 해수면이 상승한다는 설정은 주인공들의 변신을 설명하기엔 지나치게 간소하다. 그러나 이러한 빈틈은 그만큼 소설이 맞서는 절망과 제약이 크다는 반증일 수 있다. 기후 위기 다음의 미래로 가려면, 우리의 무지를 뛰어넘을 만큼 큰 도약이 필요하기 때문이다.

작금의 혼란 앞에서 소설은 미래를 구상하기보다는 세상의 원형으로 돌아가기를 권한다. 작중 모든 주인공은 인간 세상을 떠나 바다에 속하길 선택한다. 생명의 근원으로서 바다의 모습은 오랫동안 잊혔던 이상향, 실제로는 존재한 적 없는 초자연적인 과거다. 소설은 하나의 메시지를 일관되게 반복한다. 그것은 "인간의 내면속에 잠재되어 있는 그 이상적 본질의 회복이 가능한 세계"[4]인 유토피아로의 망명이다.

2. 형형색색의 파국

인간의 디스토피아에서 바다 생물의 유토피아로

김청귤의 소설 속 바다는 평화와 풍요를 품은 유토피아로 묘사된다. 바다에서 생활하는 자들은 식량 걱정을 하지 않는다. "바위산에는 해초가 가득"(p. 88)하며, "배가 고프면 해초를 뜯어 먹고 조개를 잡아먹"(p. 105)으면 된다. 심지어 "배달부들은 바다에서 숨을 쉴 수 있게 태어났기 때문인지, 독이 든 해초를 먹어도 대부분 안전"(p. 138)하다. 이들은 결핍과 욕망 양쪽에서 거리가 멀다. 반면 바다와 분리된 공간은 만성적인 식량 부족에 시달린다. "식량이 부족해 망해버린 도시도

---

4 차은정, 《판타지 아동문학과 사회》, 생각의나무, 2009, p. 147.

있다고"(p. 128) 한다. 고갈에 대처하는 인간의 방침은 탐욕, 경쟁, 적대이다.

소설은 내내 인간과 바다의 연결 통로를 찾는다. 그 것은 디스토피아에 내재된 유토피아의 가능성이다. 마거릿 애트우드는 디스토피아와 유토피아의 필연적인 연관을 이야기하며 '유스토피아(ustopia)'의 개념을 제시했다.[5] 《해저도시 타코야키》의 유스토피아는 유전자 조작으로 형성된다. 동물과 인간의 유전자를 결합하는 기술은 "끈질기고 치졸하며 이기적"(p. 20)이다. 그런데 "공교롭지만 우습게도 윤리적 고민 없이 인간의 태아를 이용해 게놈 연구를 추진한 연구소가 방법을 찾았다"(p. 10). 비윤리성이 정점에 달하는 순간 유토피아의 가능성도 수면 위에 오른다. 변이한 인간은 바다 생물로 살 수 있을지도 모른다. 유전자 조작으로 활성화된, "과거에서부터 잠들어 있던 미생물과 바이러스"(p. 42)는 인간을 바다로 이끈다.

---

5 마거릿 애트우드, 《나는 왜 SF를 쓰는가》, 양미래 옮김, 민음사, 2021, p. 112.

소설의 주인공들은 바다 생활이 가능할 특별한 존재로 태어난다. 〈해저도시 배달부〉의 '보름'은 엄마가 열성적으로 연구한 결과, 물에서 숨 쉬는 신인류 '수인(水人)'으로 태어난다. 〈해저도시 타코야키〉의 '문'은 인공 자궁에서 문어의 빨판이 달린 모습으로 만들어진다. 유전자 조작이 명시되진 않아도 〈바다와 함께 춤을〉의 '나'나 〈파라다이스〉의 '파랑'도 물속에서 편안하고 자유롭다. 이들은 부모나 조상 세대의 어리석은 모습과 분리하며 자신들의 새로움과 특별함을 강조한다. '나'는 "옛것은 우리가 조금 더 풍족하고 안전하고 행복한 삶을 살게 해주었지만, 나는 거기에만 매달리고 싶지는 않"(p. 75)다고 생각한다.

이에 따라 주인공들은 '어른들'과 달리 '생명'에 집착한다. 문은 자신이 "물때를 제거하는 청소부지 생명을 없애는 청소부가 아니"(p. 223)라고 선언한다. 이들의 시선은 자꾸만 인간의 거주지 바깥으로 향한다. 그곳에는 인공미와 대비되는, 바다의 진실된 아름다움이 무지갯빛으로 반짝거린다. "마른땅이 있었을 때 지었다던 회색 건물들"처럼 색채를 잃은 과거의 유물은 바다 생명에 둘러싸였을 때 비로소 "형형색색으로 빛"을 낸다(pp. 64~65). 설령 인공물이 반짝일 경우에도 생명력 가득한 바다의 모습이 우위에 선다. 일부러 꾸미지 않아도 "돔 밖에는 이렇게 아름답고 활기 넘치는 생명이 많"(p. 125)다.

바다, 생명, 아름다움은 여러 차례 동일선상에 놓인다. "바다 전체로 생명이 흘러가는 모습은 정말 아름"(p. 83)답다. 생명은 그저 아름다운 것이다. 바닷속 생물은 자꾸만 '생명'이라는 총체적인 명사로 지칭된다. 〈불가사리〉의 '지화'는 사람들이 죽어가는 가운데 꿈을 꾼다. "깨끗한 바닷속에는 형형색색의 산호초들이 일렁거리고 있었다. 우리는 생명의 바다에서 마음껏 넘어뜨리고 넘어지고 헤엄치고 잠수하다가 그대로 물속에서 잠이 들었다"(p. 47). 결말에서 지화의 입수는 사멸이 아니라, 바다를 통해 죽음에서 탈피하는 과정이다.

그러므로 바다에서 맞이하는 죽음은 두려운 일이

아니다. 바다는 만남의 공간이다. 지화의 꿈에 따르면 '고야 엄마'는 바다에 죽으러 간 게 아니라 '해수 엄마'를 보러 간 것이다. 소설은 죽음을 생명의 근원과 만나는 과정으로 묘사한다는 점에서 낭만주의적이다. 개별자로 존재하던 주인공들은 죽음을 통해 무한한 생명의 근원과 융합되며, 자신이 있어야 할 자연의 품으로 복귀한다. 주인공들은 일찌감치 "나도 언젠가 바다의 일부가 될"(p. 80) 것을 예감한다. 이들은 인간에 대한 원망 없이 사랑을 담아 작별 인사를 한다. 죽음은 "바다에서 태어나 바다로 돌아가는 것뿐", "자연은 돌고 도는" 것이다(p. 118). 육체를 잃는 과정은 현실의 속박에서 자유로워지기 위한 통과의례다. 죽음은 영원과 불멸을 약속한다. 이들은 인간들 사이의 작은 유토피아에서 바다라는 거대한 유토피아로, 가본 적 없지만 자신이 마땅히 속할 세계로 귀환한다.

세계를 회복시키는 해피엔딩

해저도시는 고립된 공간이라 순환이 일어나지 않는

다. 〈해저도시 타코야키〉에는 해류도, 배달부도 없이 견고한 벽만이 존재한다. "누구도 나갈 수 없고 무엇도 들어올 수 없는 투명한 돔"(p. 185)이 도시를 밀폐한다. '문'은 돔의 벽 앞에서 '우리는 천천히 멸망을 향하고 있다'는, 세상이 잘못되었다는 감각(wrongness)을 느낀다.

잘못은 바로잡아야 한다. 톨킨은 판타지는 해피엔딩이어야 한다고 주장한다. 위안(consolation)은 환상의 최고 기능이다. 그리고 해피엔딩은 '좋은 파국 (eucatastrophe)'에 의해 일어난다. 이는 톨킨이 비극 (tragedy)의 반대말로 만든 용어로, 모든 희망이 사라진 것처럼 보이는 마지막 순간에, 예기치 않게 더 나은 방향으로 일어나는 전환을 말한다. 《반지의 제왕》의 결말에서는 '프로도'가 악에 패배했던 절체절명의 순간에 갑자기 '골룸'이 나타나 문제를 해결한다. 이는 반지의 사악함, 골룸을 구한 프로도의 행동, 곧 선과 악의 행보가 겹쳐 예기치 못하게 나타난 전환이다.《해저도시 타코야키》의 '좋은 파국'은 빛으로 드러난다. 보름이 사소한 호감으로 심은 빛나는 식물은 나중에 문이 발견하는 "아주 작고 가녀린 빛"(p. 187)의 식물로 이어진다. 이것이 결국 돔을 무너뜨린다. "뿌리가 돔 벽을 뚫고 점점 자라나"고, "작은 틈이 돔 전체로 퍼지는 금이 되는 건 한순간"이다(pp. 231~232).

작중 빛을 키우는 요소는 생명을 주고받는 연대 행위다. 보름이 식물을 심고 문이 그것을 지켰다. '나'와 돌고래는 서로를, 다른 인물들도 남을 살렸다. 타자를 살리는 순간 형성되는 생명의 연대는 외부의 거대한 재난 앞에서도 인물이 살아갈 만한 청정 구역을 제공한다. 파랑은 '연희'를 살리기 위해 "아이의 입술에 입을 맞추고 숨을 후우 불어넣"(p. 93)는다. 연희는 파랑을 간호한다. 보름은 엄마를 살리기 위해 '마리아 언니'한테 산소 방울을 엄마에게 불어달라고 부탁한다(p. 179). 이들은 타인을 위해 자신의 숨과 몸과 생명을 내어준다. 루나는 문에게 자기 다리를 먹인다. 문은 루나와 입맞춤할 때도 "무언가 목 안으로 넘어가는"(p. 237) 감각을 느낀다. 해저도시 '태양'의 인간들은 루나의 몸을 먹고 빛나는 존재가 된다.

연결은 확대된다. 루나의 몸은 따뜻한 타코야키의 형태로 도시에 퍼진다. 타코야키는 톡톡 씹히는 톳, 쫄깃한 문어, 열기에 하늘하늘 춤추는 가쓰오부시로 이루어진, 인간 세상에 없던 바다의 식량이다. 바다를 섭취한 문은 더는 에너지바 같은 인공물을 먹지 못한다. 타코야키는 사람들을 루나의 생명과, 그리고 생명의 근원과 연결한다. 소설 속 인간은 "톰 안의 생명"(p. 233)이라는 문의 말에서 최초로 '생명'으로 지칭된다. 생명이 된 인간들은 은은한 빛을 뿜는 존재로 변이한다. 그들은 "우주에서 반짝이는 별이 만들어졌다가 죽고 새로운 생명으로 탄생하는 것처럼"(p. 237) 인간의 몸을 벗고 바다 생물로 변한다. 주인공이 바다로 가거나 바다의 일부가 되었던 다른 결말과 달리, 〈해저도시 타코야키〉의 마지막에는 "온 세상이 바다로 가득"(p. 238)하다. 잘못되었던 세계는 드디어 회복된다. 인간은 마침내 바다에 속한다.

3. 미래로 향하는 윤리

해수면 상승, 수중 인간, 해저도시 등과 같은 소재를 새롭다고 말하기는 어렵다. 예를 들어 아베 고보의 《제4 간빙기》는 인간이 만든 신인류인 수중 인간을 제시하면서 기존의 인간에게 종말을 고한다. 더욱이 고보는 〈작가의 말〉에서 "미래의 잔혹성과 대결해야 한다는 사실은 피할 수 없다"[6]라고 적었다. 하지만 《해저도시 타코야키》는 미래의 잔혹성과 대결하기보다, 변화에 평화롭게 순응할 준비가 된 이들의 연속성에 초점을 맞춘다. 이로써 김청귤의 소설은 우리가 미지의 미래를 향해 품은 불안을 형형색색의 풍경으로 색칠한다. "모든 건 바다의 뜻에 맡기면 되"(p. 246)므로 〈산호 트리〉의 세계는 끝까지 잔잔하다. 전환 이후의 인간은 생명을 구하는 것을 본능으로 삼는다. 이들의 손에서 산호는 연두색으로 반짝이는 별을 품고 노란빛으

---

6 아베 고보, 《제4 간빙기》, 이홍이 옮김, 알마, 2022, p. 378.

로 물든다. 땅의 꽃인 '지화'에게서 시작한 소설은 바다의 '꽃밭'과 '산호 트리'로 끝난다. 이러한 풍경은 한결같이 낭만적이고 낙관적이다.

그러나 판타지 작가는 "불타고 남은 땅에서 춤을 추는 이들"[7]이다. 보름은 "물살에 몸을 맡기고 즐겁게 노래를 부르고 춤을 추면서"(p. 180) 바다에서 살겠다고 하고, 문은 "박자와 노래에 맞춰 춤을"(p. 198) 춘다. 이들은 누가 가르쳐주지 않아도 춤추는 방법을 안다. 그것은 즐겁고 아름답다. 미래가 지속된다는 상상은 물거품 같을지 몰라도 위안이 된다. 우리는 어떻게든 살아야 하고, 종말만을 말하는 태도는 무책임하다. 전환을 통한 해피엔딩을 믿는 톨킨의 '좋은 파국'의 개념은 장기적인 미래를 기대하는 방향으로 이어질 수 있다. 영국의 시인 퍼시 B. 셸리가 단호하게 말한 바와 같이, "윤리적 미덕의 가장 위대한 도구는 상상력이다".[8] 재앙의 마지막 순간에 반짝이는 전환이 찾아오리라는

---

7 〈자가 제작 우주관〉, p. 296.
8 〈아이와 그림자〉, 같은 책, p. 135.

상상은 우리가 위기와 갈등에 꺾이지 않고 타인과 미래를 생각하도록 돕는다.

소설과 달리 노래와 춤을 모르는 우리, 유토피아에 가지 못할 우리를 위해서는 애트우드의 말이 남아 있다.[9] 조금 변형해서 옮겨보자면, '더 좋음'은 가능하다. 우리는 불완전한 우리를 최대한 활용해야 한다. 그것이 현실에서 우리가 유스토피아로 향하는 길을 가면서 행할 최선이다. 소설에서 빛을 부른 말은 이것이다. "너나 나나 시한부지만, 죽기 전까지는 열심히 살아보자"(p. 189).

---

9 Margaret Atwood, "Margaret Atwood: the road to Ustopia", *The Guardian*, 2011. 10. 14. (https://www.theguardian.com/books/2011/oct/14/margaret-atwood-road-to-ustopia)

안녕하세요, 김청귤입니다.

소설은 잘 읽으셨나요? 재미있었나요? 마음에 닿았을까요? 소설을 쓰는 건 힘들지만 즐겁습니다. 그러나 제가 아닌 다른 사람이 어떻게 봤을지를 생각하면 겁이 납니다. 마지막 챕터에 이른 여러분들이 즐겁게 읽으셨기를 바라고 있어요.

2021년 1월, 장르소설 플랫폼 《브릿G》에 〈해저도시 타코야키〉를 올렸어요. 그해 가을에 바리스타 학원을 다녔는데 근처에 다이소가 있었거든요. 거기서 구입한 마블젤펜의 색을 확인한다면서 수업 시간에 낙서를 했었어요. '와, 정말 예쁜 색이다. 바다랑 어울리네'라고 생각했던 것도 기억나요. 낙서를 하면서 〈해저도시 배달부〉와 〈바다와 함께 춤을〉을 떠올렸습니다. 지금의 소설과는 다른 구성이지만요. 역시 사람은 공부할 때 창의력이 올라가나 봐요.

아무튼 이런 이야기들을 상상하고 다듬으면서 '해저 도시 3부작을 쓰고 싶다. 한 권으로 묶으면 얼마나 좋을까' 하는 생각을 했어요. 그런데 얼마 지나지 않아 바다를 테마로 한 연작소설집을 엮자는 제안을 듣게 되어 무척이나 신기하고 기뻤습니다.

어릴 때 바닷가에 산 적이 있어요. 그때의 기억은 아주 흐릿하지만, 바다 위에 동동 떠서 따뜻한 햇볕을 즐기며 이대로 자고 싶다고 생각했던 것과 바닷물에 몸을 전부 담그고 물살에 몸을 맡기고 잠들고 싶어 했던 게 기억나요. 저는 개헤엄과 잠수만 할 줄 알아서 발이 닿는 곳에서만 놀았거든요. 저 깊은 곳은 어떨까 궁금했어요. 바닷가를 떠난 후에도 아주 오랫동안 물속에서 마음껏 움직이고 잠을 잘 수 있기를 바라왔습니다. 그래서 자꾸만 바다 이야기를 쓰게 되는 것 같아요.

취업 준비를 하는 게 어떻겠느냐고 걱정하시는 부모님께는 죄송하지만, 조금만 더 글을 써보려고 해요. 조금만 더 뻔뻔하게 부모님 품에 있어보려고요. 엄마 아빠, 언제나 사랑하고 감사합니다. 게임하자고 유혹하지만, 맛있는 걸 만들어주는 동생에게도 감사를 전합니다.

열심히 쓰자고 응원해준 지인들 덕분에 외롭지 않게 글을 쓸 수 있었습니다. 앞으로도 잘 부탁드려요. 최지인 편집자님이 다정하고 섬세하게 봐주신 덕분에 더 좋은 소설이 되었다고 생각해요. 정말 감사합니다.

무엇보다 이 책을 읽은 모든 분께 감사드립니다. 가끔은 힘들고 지칠 때가 있겠지만, 그보다 더 많이 즐겁고 행복하시길 바라겠습니다.

감사합니다.

2023년 3월
김청귤

바다는 평등하고 기술은 잔혹하며 진화는 참혹하다. 김청귤의 글을 읽고 있으면 재난은 모든 것을 구분 없이 집어삼키는 바다처럼 평등하게 우리를 덮친다는 것을 느끼게 해준다. 우리가 가지고 있는 것들은 결국 바다에서 살기 위해 버려야 할 것들이고, 누구도 이곳에서 안락할 수 없다는 사실, 그리고 모든 일이 벌어진 후에는 어떤 원망도 할 수 없음을 잔인하리만치 사실적으로 그려낸다. 하지만 김청귤의 인물들은 그렇게 발 디딜 곳 없는 곳에서 끝까지 서 있는 법을 보여준다. 발끝으로 선 인물들은 평등한 재난 앞에서 각기 다른 태도로 버틴다. 역시나 그곳에서도 이기적으로 구는 인간은 존재하지만, 공존과 협력을 택하는 이들

또한 있다. 김청귤의 글은 우리가 끝끝내 놓지 말아야 할 것이 있다면, 옆에 선 사람을 끌어안으려는 몸짓이라고 말하고 있다. 우리의 삶이, 우리의 모습이 어떤 것으로 변하든.

천선란(소설가)

| 수록 작품 발표 지면 |

불가사리	《리디 우주라이크》 2022년 8월
바다와 함께 춤을	《생태전환매거진 바람과 물》 2022년 봄호
해저도시 배달부	《윌라》 2023년 상반기
해저도시 타코야키	《브릿G》 2021년 1월
산호 트리	《보그》 2021년 12월호

애저도시 타코야키
김청귤 연작소설집

초판 1쇄   2023년 3월 27일
초판 2쇄   2023년 3월 31일

지은이 | 김청귤

발행인 | 문태진
본부장 | 서금선
책임편집 | 최지인   래빗홀 | 장서원

기획편집팀 | 한성수 임은선 임선아 허문선 이준환 이보람 송현경 이은지 유진영 원지연
마케팅팀 | 김동준 이재성 박병국 문무현 김윤희 김혜민 이지현 조용환
디자인팀 | 김현철 손성규   저작권팀 | 정선주
경영지원팀 | 노강희 윤현성 정헌준 조샘 조회연 김기현 이하늘
강연팀 | 장진항 조은빛 강유정 신유리 서민지

펴낸곳 | ㈜인플루엔셜
출판신고 | 2012년 5월 18일 제300-2012-1043호
주소 | (06619) 서울특별시 서초구 서초대로 398 BnK 디지털타워 11층
전화 | 02)720-1034(기획편집) 02)720-1024(마케팅) 02)720-1042(강연섭외)
팩스 | 02)720-1043   전자우편 | books@influential.co.kr
홈페이지 | www.influential.co.kr

ⓒ김청귤, 2023

ISBN 979-11-6834-093-0   (03810)